ボクは、笑顔でできている 文庫版

多くの人に支えられて、
白血病と闘うことができました

向井健一郎
Mukai Kenichiro

幻冬舎MC

目次

はじめに……6

第1章　思いもよらない事態

その1　その日は突然にやってきた……12
―楽しみはゆっくり積み重ね、悲しみは突然やってくる―

闘病記コラム①「急性リンパ性白血病」とは?

その2　病院で楽しく過ごすために……22
―何でも楽しいと思えば楽しくなる―

闘病記コラム②「Facebook にて病名を公表しました!

その3　保険は大事ですね……33
―保険こそ、みんなからの支援です―

その4　抗がん剤との付き合い方……44
―本当に抗がん剤は辛い―

闘病記コラム③　京都・東山三条の居酒屋「あゆや」

その5　骨髄移植へ向けた準備 …… 52
―天は自ら助くる者を助く―
闘病記コラム④　白血病と造血幹細胞移植のドナー探し

第2章　なんとか一つの山を乗り越えた

その6　姉からの末梢血移植 …… 62
―骨髄移植の一番の近道―
その7　移植後の経過 …… 70
―移植で終わりではなく、これからが長い道のり―
闘病記コラム⑤　看護師の皆さんの働きには頭が下がります
その8　自宅療養 …… 77
―何もできない、何もしてはいけないという苦痛―
闘病記コラム⑥　Facebookでのやりとり
その9　職場復帰へ向けて …… 85
―やりたいことがあるって素晴らしい―
その10　職場復帰しての様子 …… 90
―時限爆弾を抱えたままの普通の生活―

第3章　何度も試練はやってくる

その11　白血病の再発症
―ついに地雷を踏んでしまった！―……100
その12　突然、ICUに運ばれた
―死ぬってこういうことなんだ―……109
その13　二つの治療法を選択してください
―人生で重大な選択を迫られた―……118
闘病記コラム⑦　転倒防止川柳
その14　二度目は臍帯血移植で
―赤ちゃんとそのお母さんたちに感謝です―……131
その15　原因不明の体調不良
―どうして大晦日に緊急搬送されるの？―……145

第4章　それでも人生は続いていく

その16　二度目の職場復帰
―温かい目で見守られて働かせてもらっている―……154

その17　白血病との付き合い方 …… 163
　―いつになっても安心してはいられません―
闘病記コラム⑧　闘病で気をつけたこと
その18　人は支えられて生きている …… 176
　―人間は一人では生きられません―
闘病記コラム⑨　献血はわりと簡単にできる助け合い
その19　どうして私は白血病になったのか …… 183
　―すべての現象には原因がある―
その20　ありがとう、私は4年半も生きることができました …… 190
　―笑顔は、笑顔を強くする―
あとがき …… 198

はじめに　（この本を出版するにあたって）

私は東京の郊外である多摩地区で生まれ、中学・高校・大学とあまり東京から出ることなく学生時代を過ごしていました。

大学を卒業すると、私立学校の非常勤講師を2年間経験してから、東京の郊外にある私立の中高一貫校に専任教諭として勤めることになりました。

私は理科の教員だったので、自然豊かな環境のなかで生徒と一緒に学ぶことができ、とても充実していて楽しく働くことができました。

しかし、教員生活16年目となったころに、「このままでも充実しているのだけれど、何か新しいことに取り組んでみたい」という気持ちになりました。

ちょうどその時期に、北海道で新しくできた関西の私立大学附属の中高一貫校が教員募集をしていることを知って、その学校の採用試験を受けることになりました。

北海道の中高一貫校では、情報教育や大学との連携授業や生徒の研究活動など、今までに経験したことのない「新しいこと」に取り組んできました。

２０１４年になると、北海道から京都市にある附属校を統括する部署に異動になりました。最初は私一人での単身赴任で京都の東山に住んでいましたが、翌年からは妻も京都に引っ越してきて、一緒に生活することになりました。

ところが、妻と一緒に京都での暮らしを始めた２０１５年の夏に、私は白血病（急性リンパ性白血病）を発症しました。

最初は、何が起こっているのかまったくわからないままで、治療が始まってからもいろいろなことがわからなくて、「もう、それほど長く生きていけないのか」と不安もたくさんありました。

しかし、治療していくなかで、担当してくださる医師や看護師の方の説明をしっかり聞いたり自分で調べたりしながら、白血病に対する理解が深まりました。

少しずつどのように対処したらよいか把握し、「絶対に職場復帰してやろう」と目標を立てて頑張る意欲が出てきました。

私は、白血病を発症する以前からFacebookにて自分の近況を報告していましたが、白血病を発症したときこのSNSを続けるべきか終了すべきか迷いました。しかし、このタイミングで止めてしまったら「あれ？　向井さんはどうしたのだろう?」とか「何かあったのかも」と噂になって、私の自宅や職場に問い合せなどが頻繁に入るかもしれないと思いました。

そこで、思い切ってFacebookにて自分の病名を公表して、治療の状況も定期的に報告することにしたのです。そして、公表することによっていろいろな人からのメッセージを受け取ることができるようになり、それが私の治療にも前向きに働いてくれました。

私の「急性リンパ性白血病」というのは成人では約十万人に一人の確率でかかる病気と言われています。私も白血病を発病したときは「どうして私が白血病になったのだろう」とこの境遇を恨みもしました。今までに何か悪いことをしたのだろうか、それとも何か特別の意味があるのだろうか。

いろいろ考えました。しかし、その答えは何も見つかりません。それでも、多くの人々からの支援や応援の声をいただいて、自分のできることのなかから「やりたいこと」や「やるべきこと」を探しながら頑張っていこうという気持ちになりました。


私は白血病の治療に取り組みながら、日々の生活のなかで楽しいイベントを見つけてはそれをFacebookにアップしていました。そして、治療を開始してから3年半くらい経ったころから、私のFacebookを見ていた友人たちから「この体験を本に書いたらいいいんじゃない?」という声を複数聞くことがありました。

そこで、私は自費出版で治療体験の本を書いてみようと考えて、いろいろな人と相談しながら本書を出版することにしました。

この治療体験記を読んでもらえて、少しでも何か世の中に役立つことができたら、私が白血病になったことにも意味があったのではないかと思えるような気がしています。

私のこの治療体験が、白血病に苦しむ患者さんやその家族の方々、そして人生のなかでさまざまなものと闘っている多くの人に対して、何らかのお役に立つことができればと願っています。

向井　健一郎

第1章

思いもよらない事態

その1　その日は突然にやってきた

―楽しみはゆっくり積み重ね、悲しみは突然やってくる―

2015年7月27日の朝6時ごろ、私は大量の汗と背中の強い痛みを感じて、いつもより早く目覚めました。あまりの異常な事態に横で寝ていた妻を起こして「何かおかしい、背中が痛い」と告げました。

妻は普段はあまり寝起きが良くないほうですが、この日はめったに弱音を吐かない私が「背中が痛い」と言ったのでとても心配して、

「すぐに病院に行ったほうがいいよ。救急車を呼ぼうか？」

と言いました。

どうしたらよいか少し考えましたが、私はこれは通常の病気（熱中症や内臓の病気）ではないなと考えて、

「救急車ではどこに運ばれるかわからないので、京大病院に自分で行く」

と伝えました。

今から思えば、この日の約1ヵ月前から昼も夜も汗が多く出ていました。ただ、私は汗かきのほうだったので、「今年の夏はいつもより少し汗が多いかな」程度に思っていました。さらに、この日の1週間前から食欲も減っていて体調もあまり良くありませんでした。けれど、これも「今年は夏バテになってしまった」くらいに感じていました。

それでもこの日の朝は、「これは今までと違う、何かおかしい」と自分でも感じるほどの状態でした。

京大病院（京都大学医学部附属病院）をすぐにネットで調べると、受付は朝8時45分からとのこと。早めに行ったほうがよいと思い、8時ごろに家からタクシーで病院に向かいました。

京大病院では紹介状のない患者は受け付けない方針ですが、5000円を支払うことによって当日でも診察してもらえるということでした。たぶん、このようにしないと大した病気でもないのに一般の病院に行かないで「とりあえず京大病院に行こう」という人で溢れてしまうということだと思われます。

京大病院に着いたら、まず総合案内所に行きました。私は、「何科の病院に行っていいかわからない症状だったので京大病院に来ました」と事情を話して、5000円を支払って診察してもらうことにしました。

受付窓口で自分の症状について書く問診票を渡され、痛みが背中だけでなく胸にも移っていたので「胸が痛い」と書きました。そうすると「心臓の疾患かもしれませんね」ということで、すぐに診察してもらえることになりました。「胸が痛い」と書いておいてよかった。書かなかったら何時間待たされたかわからないと思いました。

診察にはまず、循環器系の外来診察室へ通されました。簡単な問診票に答えた後で、血圧や心電図・血液検査・レントゲン検査・CTスキャンなどが手際良く行われました。

ただ、その間にも汗はどんどん出ていて、自宅から着てきた私服は自分の汗でびしょびしょになっていたので、私は病院の衣服（病衣）に着替えさせてもらいました。

その後は昼ごろまで循環器系外来の診察室のベッドでしばらく待っていると、循

環器系担当の医師が来て、

「心臓や動脈には問題がありません。ただ、肝臓や脾臓が少し腫れているようなので、午後からは消化器内科のほうで診てもらいましょう」

と説明してくれました。まずは心臓ではないと聞いてひと安心しましたが、「でもこの痛みは何なんだろう」と少し不安が残りました。

午後になると、消化器内科の診察室へ移ってエコー検査などを行い、とりあえず消化器内科の病棟で入院することになり、その手続きを行いました。

痛み止めの薬を飲んだので少し痛みは治まりましたが、病名が確定しないことが気がかりです。「こんなに多くの検査をしているのに、なぜ病名が見つからないのだろう」と心配になりました。

結局、消化器内科の病棟の大部屋（４人部屋）に入院することになりましたが、入院の必需品（歯磨きセットや着替えなど）はまったく用意していなかったので、妻がコップや歯ブラシ・タオルなどをまとめて持ってきてくれました。

夕ご飯は病院のものを食べ、ベッドの上で横になりましたが、「これからどうなるのだろう」と考えながら、少しウトウトしているうちに疲れていたのかそのまま寝てしまいました。

翌日の朝に、もう一度血液検査とエコー検査などを行いました。消化器内科の医師からは、

「肝臓や脾臓は少し腫れているが、これが痛みの原因とは考えにくいです。最初のCTスキャンの画像を見ると、リンパ腺がいくつか腫れているところが見られたので、午後からは血液内科で診てもらいましょう」

という話がなされました。私は「血液内科」とは初めて聞く名前だったので、これは何の病気だろうと思っていました。

午後、病室が血液内科の病棟へ移り、血液検査と骨髄液検査を行いました。この骨髄液検査というのは、背中の下側（お尻のあたり）の大きな骨である腸骨（ちょうこつ）にボールペンの芯くらいの太い針を刺して、硬い骨に穴を開けてなかにある骨髄液を吸引して調べる検査です。

麻酔注射を打ってから開始されるのですが、刺すだけでもとても痛くて、さらに骨髄液を吸引するときは何とも表現しにくい痛さでした。白血病の治療で何回

か行われる検査ですが、とても痛い検査の一つです。

採取が終わって、麻酔がとれるまで病室で約1時間は安静にしていましたが、この間の看護師や医師の言動に何かを隠しているような怪しい雰囲気を感じて過ごしていました。結局この日も病名はわからず、病院に泊まることになりました。

翌29日の午前中にもう一度血液検査と骨髄液検査を行って、午後に病名が判明しました。血液内科の医師から、

「お話がありますので相談室に来てください」

と言われて、私の妻と二人で相談室に行くと、そこには血液内科の主治医と担当医・看護師の3名がいて、私の病名と今後の治療方針についての説明がありました。

「病名は、急性リンパ性白血病です」

と淡々と、しかし丁寧に話をされました。

「えっ！」

病名を聞いたとき、妻は小さな声で驚いて、私の手をぎゅっと握りました。私

も心のなかで「え〜〜っ！」と驚くとともに、これまでの3日間のいろいろな検査を見ていて「やっぱり、そうだったか」と少し納得したところもありました。

治療方針の説明では、抗がん剤治療が3〜5回くらい必要なこと、最終的には造血幹細胞移植（いわゆる骨髄移植）が必要なこと、そして退院しても再発の危険があり、一生この病気と付き合っていかねばならないことなどが説明されました。

最後に、

「何か聞きたいことはありませんか？」

と尋ねられたので、私は、

「最高に治療がうまくいったとして、最短でいつごろ職場に復帰できますか？」

と質問しました。

「治療の結果、どうなるかは患者によって全然違うので断定的なことは何も言えないが、1年半から3年かかる人もいる。早くても1年半くらいではないかと思う」

と医師はおっしゃっていました。

「絶対に1年半で復帰する」

私は心のなかで呟きました。


医師による説明が終わって、妻と二人で自分の病室に戻りました。

「なんで、あなたが白血病にならなくてはいけないの？」

今まで緊張と我慢で抑えていた妻の感情が崩れて私に聞きました。

「そんなこと、僕にだってわからないよ。原因については不明なことが多いとお医者さんも言ってたじゃないか」

その後、ベッドに横たわった自分と横にいる妻と二人で泣きました。


本当に人生はいつ何があるかわかりません。「急性リンパ性白血病」は約10万人に1名の確率で発症するようです。でもなぜ、私がこの確率で当たってしまったのでしょうか。宝くじも当たったことがないのに……。違うとはわかっていても、原子力発電所の近くに見学に行ったのが悪いのか、仕事で疲れすぎたのが悪いのか、ほかの人に意地悪したのだろうか、いろいろなことを考えてしまいます。

しかし、しばらくして、

「先生がおっしゃっていたように、復帰する希望があるのだから頑張ろうね！」

と妻が言ったので、

「絶対に最短時間で復帰するから！」

と私は妻と自分に宣言しました。

闘病記コラム① 「急性リンパ性白血病」とは？

血液のなかには赤血球、白血球、血小板という細胞が含まれていて、体内に酸素を運んだり、体外から来る病原菌をやっつけたり、皮膚に傷がついたときにかさぶたをつくって出血を止めたりしています。この3つの細胞をつくっているのが「造血幹細胞」という細胞で、主に人間の骨髄のなかに存在しています。

白血球は、造血幹細胞からつくられますが、骨髄性の幹細胞とリンパ系の幹細胞からつくられて、それぞれ違う働きを持った白血球になります。

急性リンパ性白血病とは、リンパ系の幹細胞から白血球ができるときにがん化した細胞（白血病細胞）をつくり出してしまい、それが無制限に増殖することで発症します。

この種の白血病は、主に6歳以下の小児に多く、国立がんセンターの資料によれば、成人の1年間の発症率は約10万人に一人程度と言われています。

ただ、急性リンパ性白血病の原因は、ほとんどまだわかっていないということです。ただし、放射線を大量に浴びると発症しやすいという傾向はあるようです。私はそれほど多くの放射線を浴びた記憶はありませんので、私が発症した原因はわからないというのが現状です。

急性リンパ性白血病の症状は、動悸・息切れ、鼻血、発熱、腹痛、腰痛、頭痛、吐き気など。私の場合は、背中の骨が痛いというものでしたが、これは骨のなかに白血病細胞が充満して内部からの圧力が高まったためと考えられました。

その2　病院で楽しく過ごすために

―何でも楽しいと思えば楽しくなる―

病名が判明した翌日の7月30日から、抗がん剤の投薬治療が始まりました。

私はその前の日の夜から、スマホで「白血病」や「急性リンパ性白血病」についていろいろと調べました。ネットの情報によると「白血病は見つけにくい病気であり、初診から3日目で病名を確定できたのは早いほう」だそうで、早期発見と早期の治療開始ができたのは不幸中の幸いらしいということもわかりました。ほかの人のブログを見ると、いくつもの病院を「たらい回し」のように回ったという話がありました。

京大病院の血液内科は近年新設された積貞棟という病棟の3階にあり、この階の全体が「無菌室」のようなつくりになっています。

エレベーターを降りてすぐの病棟の入り口には自動扉があって、この扉で外側の空気と内側の空気を完全に分けられるようになっているのです。

病棟に入るにはインターホンで名前を確認してからになっていて、入ってすぐのところに前室があります。そこで手を洗ってから、もう一つの自動扉を開けて入ることができるようになっています。

コートや荷物は病棟入り口の横にあるロッカー室に置くようになっていて、入室にはマスク着用が義務付けられています。また、扉で区切られている手を洗う場所にはエアーカーテンのようなものがあって、服などについたホコリなどが落ちるようになっていたり、病棟内の気圧が高くなっているので病棟内から入り口側へわずかな風が吹いていて、ホコリやウイルスなどが病棟内に入るのを防いでいます。

さらに、血液内科のそれぞれの病室には天井にエアコンが埋め込まれており、その吐き出し口には大型のフィルターがつけられていて、ホコリや菌類などが飛ばないようになっています。

このような設備があるので、昔の映画やドラマにあったようなベッドの周りを透明なビニールのカーテンで囲うようなことはしなくても十分な「無菌状態」を保った病室となっています（とても新しくてきれいな病室でした）。

私は、白血病というと真っ先に『世界の中心で、愛を叫ぶ』という映画を思い出してしまうので、「こんなに普通の病室に見える場所で大丈夫なのか」と心配になりましたが、最新の設備で十分に無菌状態を確保しているとの説明があり、とりあえず安心しました。

万全の設備で守られているとはいえ、それでも病室には生きているもの（生花や植木鉢、動物など）や表面積の大きいもの（ぬいぐるみや折り鶴）などは持ち込むことが禁止されています。いずれも菌の持ち込みや繁殖が起こりやすいからです。

その他のもの、例えばパソコンやノート、飲み物、簡単な食料品は持ち込み可能で、自分に必要なものをそろえて快適な入院生活の準備をすることが大切だと思いました。

そこで、夏休み中の妻に頼んで快適な病院生活を過ごすためのグッズをそろえることにしました。

〈情報機器など〉

ノートパソコンは必需品です。ニュースを見たり、メールを確認したり、何かを調べたり、外の世界との情報のやりとりができます。もちろん、スマホでもできますが、私くらいの世代だとノートパソコンのほうがいろいろとできて便利です。この病院では、有料ですがＷｉＦｉが使えます。

スケジュール帳は、検査の予定を書いたり、簡単な日記をつけたりします。曜日を確認したり、長期の予定を確認したりするのに便利です。血糖値の値や万歩計の歩数なども記録していました。

〈食べ物・おかず類〉

この病院の食事は、私にとっておおむね良好でしたが、やはり塩分控えめのうす味なので、味が足りないと思ったときには「ふりかけ」を使うようにしていました。塩分はそれほど強く制限されてはいませんでしたので、ふりかけを使っても怒られませんでした。

また、おかずがもう一品ほしいと感じたときのために、簡単に追加できるおかず（レトルトまたは真空パックのもの）をストックしておいていました。病室には、電子レンジがあるので、温めることも可能です。

さらに、献立のなかで味噌汁やコーンスープなどがある場合もあるのですが、おかずだけで汁物がつかない日もあります。そこで、汁物が好きな私はインスタントの味噌汁やカップスープの素を買って用意しておきました。

〈栄養補助食品など〉

乳酸菌飲料の「Ｒ‐１」と「ヤクルト４００」は、どちらも腸内環境を整えて免疫力を高める効果があると言われていたので飲んでいました。特に「ヤクルト４００」は、俳優の渡辺謙さんが白血病の闘病中に愛飲していたということで、あやかって飲むことにしました。

野菜ジュースや栄養サポート食品は、「野菜類が少ない」とか「カロリーが足りない」と感じたときに飲みました。強い抗がん剤治療が始まると、普通の食事が食べられなくなる場面もあるので、ゼリーや飲料などでエネルギーを補給しました。

〈寝具・日用品など〉

長期に入院していると、夜にぐっすり眠れることはとても大切です。そこで、自宅から枕とベッドマットを持ってきました。

この病棟で、枕を持ってくる人は今までにもいたそうですが、ベッドマットを持ってきた人は初めてだそうです。いつも使っているベッドマットで、病院のベッドサイズとぴったりのマットがあったので使うことにしました。おかげで、夜はぐっすり眠れていました。

また、病院内での移動に使うスリッパも重要です。スリッパは簡単に洗うことが難しいので、二つのスリッパを用意して、使用後は抗菌スプレーを吹きかけて乾燥させて、交互に使用していました。

このほかに、乾燥防止のためのハンドクリームやリップクリームがあると便利です。あとはタオルや歯ブラシ・歯磨き粉などですが、液体歯磨きもあるとブラッシングがしにくいときなどには便利です。

こうして入院の準備も万端に整ったところで、本格的な治療の始まりです。まずは白血病の治療に関する基本的な知識から説明したいと思います。

白血病の治療には、「寛解導入療法」と「地固め療法」と「維持療法」の3段階の行程があります。

「寛解導入療法」は、骨髄のなかで増えてしまった白血病細胞を5％以下まで減らすことを目的に、抗がん剤を使用して行う治療で、期間は3～4週間かかります。最初に行う治療で抗がん剤を使用するため、食欲不振・口内炎・吐き気・便秘または下痢・脱毛・皮膚のかゆみなどの副作用が起こります。

次に「地固め療法」を行いますが、これは5％以下になった白血病細胞をさらに減らすことを目的に行う治療で、「寛解導入療法」が終了してから1週間程度の休養（体力回復など）をした後に治療を開始します。

この治療でも強い抗がん剤を使用するため、同じような副作用が起こります。治療期間は「寛解導入療法」と同じように3～4週間かかります。

最後に「維持療法」を行います。これは、白血病細胞がほとんどなくなったと判断されたときに、その状態を維持するために行う治療で、少量の抗がん剤を投与しながら体調管理を続けていくものです。

これは、完全寛解（白血病細胞がない状態）を維持した状態で1年から2年続けられ、完全寛解が5年間以上続けば急性リンパ性白血病は「治癒した」と考えられます。

また、地固め療法が終わった後で「造血幹細胞移植」を行うことがあります。これは白血病細胞の基になる造血幹細胞をほかの人のものに取り替えるもので、白血病の根本的な治療と言えるもの、いわゆる「骨髄移植」と呼ばれる治療方法です。

自分の白血球の型に合うドナーを探すのが難しく、なかなか簡単ではない治療方法ですが、根本的に治すにはこれしかないとも言える治療方法なので、最終的にはこの治療法を選ぶことも考えなくてはいけません。

ただ、前述の投薬治療だけで白血病がほぼ治癒したという人も存在しますし、造血幹細胞移植をするかしないかは、担当医師と患者さんの判断によります。

説明のとおり、基本的には抗がん剤の投与を中心とした治療になりますが、抗がん剤の副作用による苦しみは映画やドラマでも知るところだと思います。当然、入院生活に対しての不安が大きいところなので、私は治療を開始した次の日に、私と妻でよく考えて個室の病室（一人部屋）に移ることにしたのです。

その理由の一つは、私は今までに大きな病気をしたことがなく、単純に長い入院がどんなものかわからなかったので、大部屋（4人部屋）だったら同じ病室の患者さんとうまくやっていけるだろうかとか、いびきがうるさい人や性格のきつい人がいたらどうしようとか、いろいろな心配が治療の妨げになるかもしれないと思って、とりあえず最初は個室にしようと決めました。

そしてもう一つの理由は、あとでも出てきますが保険に入っていたので入院費や一時金が出ることから当座の費用を心配せずに治療を最優先にしようと考えました。

大部屋にはシャワールームがないため、共同のシャワー室の予約を取ったうえで利用します。最初のうちは、検査や投薬の時間がなかなかつかめていないので、シャワーの予約を何時に取ったらよいかがわかりにくかったです。でも、個室の病室ならシャワー室がついているので、いつでも自分の時間が空いているときにシャワーを浴びることができるので便利でした。

闘病記コラム②　Facebookにて病名を公表しました！

私は白血病を発症してから2週間後の8月10日に、自分の病気が「白血病」であることをFacebookのなかで公表しました。それまでもFacebookのなかで私の近況を伝えていたことと、もう一つ大きな理由は、2週間の間に友人や職場から連絡が入り、「今は体調が良くない」と話していたけれど、いつまでも同じように「体調が良くない」と言い続けるのは難しいと思ったことでした。

最初は病名を告げずに治療に専念するつもりでしたが、今後治療が長引くことが予想されるので、隠しごとは不誠実だと考えました。

さらに、自宅や職場に病状についての問い合わせがあまり多くならないように、できるだけ多くの情報を載せるように努力しました。幸いにも治療は順調に進んでいて、副作用も大きくは出ていなかったので自分で治療状況の報告をすることができました。

Facebookに治療の経過を公表すると、多くの人からの励ましの言葉や「私もこんな病気と闘っていて、このようにしたら頑張れた」などのアドバイスをいただくことができました。

私は「自分は一人ではない。多くの人と一緒にこの病気と闘っている」と感じることができて、辛い治療にも立ち向かって頑張ることができたのだと思います。

「Facebookに色々な声を寄せていただいた皆さんに感謝したいと思っています。

その3　保険は大事ですね
― 保険こそ、みんなからの支援です ―

7月の末から始まった抗がん剤治療ですが、8月末に「外出許可」が出たので、京大病院の近くの東山三条に行ってきました。そのきっかけは、前日の午後、看護師さんに、

「白血球の状況も良いようだし、外の天気も散歩するにはちょうど良いみたいだから、外出許可をもらって外を散歩してみたらどうですか？」

と言われたことでした。

「えっ、外出ってできるんですか？」

私は驚きました。

「血液や身体の状況を見て、検査・治療の時間が空いている時間帯なら、主治医の先生にお願いしたら『外出許可』を出してもらえますよ」

そこで、私は東山三条に行くことにしました。なぜ、東山三条に行くことにし

たかというと、その日は予防リハビリの予約が入っていたため2時間の外出しかできないので、病院から近くてしかも1年間過ごしていた東山三条を見てみたくなったのです。

妻と一緒に外出しました。バスに乗り、5分くらいで東山三条に着いて、「古川町商店街」を歩いてみました。懐かしい光景と新しいお店ができたのを楽しみながら眺めて、「六花(ろっか)」という喫茶店に入りました。ここは何回か入ったことのあるお店です。ケーキセットを注文して、ゆっくり味わいながら久しぶりの「シャバの空気」を楽しみました。

その後、古川町商店街を折り返し、ここも何回も通った居酒屋「あゆや」に立ち寄りました。ここのお店は、私が2014年4月に初めて京都に住んだときに大変お世話になり、この店の常連客の皆さんから京都のことをいろいろと教えてもらった場所です。

「あゆや」に寄ってみると、女将さんが開店の準備をしていました。女将さんに私の現状を報告して、「また、すぐに復活して、この店に来ますので」とご挨拶をしてきました。ついでに、おいしいおばんざいを少し食べさせてもらって、時間になったので病院に帰って行きました。

今回は短時間の外出でしたが、とても楽しかったです。けど、とても疲れました。思ったより体力が弱っていることを実感して、明日からの自主トレーニングと予防のためのリハビリを頑張ろうと再確認しました。


こうした自分自身の肉体的、精神的な闘いも重要ですが、ほかにも絶対に考えなければならない大切なことがあります。「お金」の問題です。そこで「がん」との闘いで大事な「治療費と保険」について考えてみたいと思います。

日本人の死亡原因のトップは「がん（悪性新生物）」です。全体の死因の27・８％が「がん」で、次に15・２％の「心疾患」、８・２％の「脳血管疾患」と続きます（厚生労働省の平成29年人口動態統計より）。

年齢別で見てみると、20～39歳では「自殺」および「不慮の事故」が死因のトップですが、40～89歳では「がん」が死因のトップになります。どちらかというと高齢になるほど「がん」の発症率は高くなると考えられます。

また、「がん」が死因のトップに出てきた背景には、ほかの病気の原因や対策がしっかり取られて死亡率が減っていることに対して、「がん」の発症原因について不明な部分が多く、その対策が「早期発見」が中心であること、さらに日本人の高齢化があると思います。つまり、がんの予防はなかなか難しいのです。

次に、がんの治療費について見てみましょう。

厚生労働省の医療給付実態調査の統計によると、「がんの入院費用」はおおむね60万円くらいで自己負担額は18万円くらいです（3割自己負担の場合）。

ただし、「悪性リンパ腫」と「白血病」の医療費はそれらより高額になっていて、それは治療に要する期間が長くなることが原因だと思われます。特に白血病は時間がかかり、その分だけ費用も高くなります。

また、この統計にある金額は健康保険制度に則った治療に関する費用なので、いわゆる「先進医療」や「自由診療」などの費用は含まれていません。

「先進医療」や「自由診療」と呼ばれる治療は、高度な技術や未承認の薬などを使うので健康保険制度の対象外、その治療費は全額自己負担になります。

こういった基本的な治療そのものにかかる費用のそのほかにも、いわゆる「差額ベッド代」（個室の利用費用）や入院雑費（シャンプーや紙おむつなど）がかかります。

実際に、私の場合で見てみると次のようになりました。金額は２０１５年8月の例です。

・健康保険制度による治療費……約20万円

（高額医療費制度を使っての額、人により下がる場合もあり）

・先進医療や自由診療による治療費……約10万円

（未承認の薬を使っているためです）

・差額ベッド代（個室利用料）……約50万円（1日１６０００円×31日）

（クリーンルーム個室なので通常より高い金額になります）

「これって、全部足したら、毎月の給料よりずっと高いじゃないか！」

「安心してください、入っていますよ」

とにかく明るい安村さんの言い方を真似ていますが、そうです、ここから「保険」のお話です。

私は、結婚したときから「医療保険」に加入していて、その医療保険のなかに

「がん特約」を付けていました。これが良かったのです。おかげで「がんと診断された場合、200万円の一時金が支給される」ことになります。さらに、入院費用については「1日あたり1万円支給（60日まで）」が付いていました。

この保険から支給される額で、金銭的に負担のない状態が約3ヵ月は持ちそうでした。ほかにも手術や治療行為に対しても保険金が支払われるようなので、実際はどのくらいまで出るのか請求してみないとわからないですが、いずれにしても、入院してから3ヵ月後には、大部屋に移るか貯金を切り崩すかの判断が迫られそうでした。

テレビCMで「がん保険」について、タレントさんが「めちゃくちゃ大事」と言っていますが、本当に入っていて良かったと実感しました。

現在の「がん保険」では、「先進医療」や「自由診療」にも対応したものがあるので検討してみたら良いと思います。その分、一時金は100万円かもしくはないものが現在は主流のようですので、そのあたりの詳細はご自身でしっかり確認してください。

また、入院日数ですが、白血病やリンパ腫を除くほとんどの「がん」の場合、入院日数は平均40日くらいで、20日～60日が多いようです。

だから、入院費用の限度は60日でも十分だと考えますが、私のような白血病や転移したり重症化したりする場合などを考えると、60日以降も補償されるものを選んだほうが良いかもしれません。

私の白血病は「フィラデルフィア染色体陽性の急性リンパ性白血病」という少し特殊な白血病なので、最初の段階での治療はステロイドと分子標的治療薬の２種類で薬物投与治療が行われていました。

この段階での目標は「白血病細胞を10億個以下まで減らすこと」ですが、骨髄液検査とその後のＰＣＲ法による増幅検査によると「白血病細胞が１００万個以下まで減っている」ことが確認されました。目標を大幅に超えて、白血病細胞が減少していることになります。

この結果を受けて、次の段階（地固め療法・強化維持療法）に進むわけですが、その前に現在の身体の状況を診るためにいろいろな検査を受けました。

血液検査・尿検査・レントゲン撮影のほかに、「下部内視鏡検査」（大腸カメラ）や「上部内視鏡検査」（胃カメラ）を初めて受けました。検査は痛かったり、気持ち悪かったりしましたが、特に問題点がないことがわかったので良かったです。

検査を一通り終えたところで、主治医の先生から、

「これまで順調に経過しているので、次の段階に移るまでの9日間、一時退院することにしましょう。自宅療養でリフレッシュしてください」

と言われました。

「えーっ、退院できるんですか?」

私はまた驚きました。

こうして、私は9月1日から9日までの9日間を自宅で療養することになりました。

しかし、これは半年後にわかったことですが、最初の時期に「自宅療養」を選択するか、それとも選択しないで入院を継続するかは、大きな違いをもたらしました。これも保険の話です。

実は、半年後に保険金を請求しようと思って、「入院期間は7月27日から1月22日まで」として請求の用紙に記入したのですが保険会社から連絡が来て、

「最初の入院は8月31日に退院していますので35日間になります」

と言われました。

「白血病の治療は長くかかるので、間に一時退院はあったとしても、トータルで約6ヵ月の入院なのです」

と私は説明したのですが、それは聞き入れてもらえませんでした。

そして、入院と次の入院の期間が一定以上空いていないと、次の入院分については入院費用の補助（1日あたり1万円）が支給されないということでした。

つまり、最初の入院の後に自宅療養を選択しなければ、入院費補助を60日まで受け取ることができたのに、途中で自宅療養を選択したために35日分しか受け取ることができませんでした。

ほぼ1ヵ月分の補助が受けられなくなるのは大問題です。保険会社によっては違う基準になっているかもしれないので、確認が必要です。もっと白血病の治療の現状を理解してもらって、患者の実状にあった保険制度になってほしいなあと思いました。現在は、変わっているかもしれません。ご自分の保険をよく調べてみてください。

しかし、こうした制度的な齟齬（そご）があったとはいえ、保険によって私の白血病治療はだいぶ助かりました。40代を過ぎたら、ぜひ「がん保険」と「がん検診」を考えてみてください。

私は、50歳になったときにがん検診の一つ「ＰＥＴ検査」を受けました。55歳を過ぎたときに再度受けようと思っていたのですが、先延ばしにしていたら白血病になっていました。

「がん検診」を受けたからといって必ず見つかるわけではありませんが、「早期発見」が一番の対策である以上、なるべく受けておいたほうが良いと思います。

民間の保険以外にも「高額療養費制度」などがあります。

「高額療養費制度」は、公的医療保険制度の一つで、医療機関や薬局でかかった医療費の自己負担額がひと月単位で一定額（年齢や所得に応じて決められます）を超えた分の金額が支給される制度です。私もこれを利用したのでだいぶ助かりました。

ただし、差額ベッド代や先進医療など保険適用外の医療費などは支給されないので気をつけてください。申請や詳しいことは、ご自分が加入している公的医療保険や厚生労働省のホームページで確認してみてください。

また、長期入院になる場合にはその間の収入も問題になります。会社員や私のような私立学校の教員も同じですが、休みの期間が一定の期間を過ぎると「休職」となり、その期間は給料が支給されなかったり、大幅に減額されたりします。

私の場合は、私立学校の専任教諭だったのでだいぶ恵まれていて、傷病による欠勤が1年を過ぎてから「休職」の扱いとなり、標準報酬月額の20％が支給されました。さらに、私学共済に加入しているため、「傷病手当金」（標準報酬月額の約80％までを補塡）が支給されるので一定の生活費は保障されました。有期雇用の方や自営業の方などはそのような仕組みがないので、「就業不能保険」に入っておく必要があると思います。

さらに、子どもが私立学校に通っている場合で、長期入院などの影響で親の収入が極端に減って学費が支払えなくなる場合には、日本育英会や私学振興会などの奨学金があるようなので調べてみるとよいと思います。

ちなみに、私が所属していた学校では教育振興会という組織があって、そこで病気などの長期入院で収入が減った保護者の方への支援を行っていました。そのような場合は、それぞれの学校の教員に相談してみてください。

その4　抗がん剤との付き合い方

― 本当に抗がん剤は辛い ―

白血病の第二段階治療（地固め療法）では避けて通れない「脱毛」の準備について考えてみました。第二段階の治療では、強い抗がん剤を使用するのでいろいろと副作用が出ますが、その一つが「脱毛」です。

よくドラマなどで、白血病の患者さんの髪の毛がバサッと抜けて驚くシーンがありますが、実際にも髪の脱毛は突然にやってくるようです。また、それは強い抗がん剤を使用して2週間から遅くても3週間ぐらいで起こるそうです。

しかも、個人差はあるようですが、全部の髪の毛がいっぺんに抜けるのではなく、まだらに抜けるようなので、抜ける髪の処理や抜けた後の見え方に患者さんが苦労しているそうです。

そこで、先手必勝！　私は「どうせ抜けるなら、その前に坊主にしてしまおう」と考えました。

脱毛する前に坊主頭にしておけば、抜ける髪の毛も小さくて処理は簡単だし、まだらに抜けてもほとんどわからないし、一石二鳥です。

さっそく床屋さんで生まれて初めての坊主頭にしてもらいました。ただし、このときは病棟から出られない状況だったので、病院内の床屋さんに病室まで出張で来てもらいました。

ちなみに、関東と関西で「坊主刈り」の長さを表す言い方に違いがあるそうです。「関東」では、五厘刈り（1・5ミリメートル）、一分刈り（3ミリメートル）、三分刈り（6ミリメートル）というように長くなるのですが、「関西」ではバリカンにつけるスペーサーの枚数で数えて、一枚刈り（2ミリメートル）、二枚刈り（5ミリメートル）、三枚刈り（8ミリメートル）というように長くなるという話です。したがって、私は正確に言うと「一枚刈り」でしてもらいました。

坊主になった私は1ヵ月の「僧侶の修行体験」か、または「新人のお坊さん」というような格好ですが、自分でも意外と頭の形が良いなと思いました。でも、外出するときのために帽子も一応用意しておきました。

ただ、この時期は病室内も温かく、帽子をかぶっていると頭が蒸れるので、自分の病室内では帽子をかぶらないで丸坊主を楽しんでいました。

9月末になり、第二段階治療の第3週に入りました。その前日には、血液検査と尿検査が行われました。その結果は、「白血球の値が驚異的な回復」で、正常値に戻ったことで外出禁止令も解かれました。

ほかの血球も値は上昇しており、

「いったん破壊された造血細胞から、白血病細胞を抑制しつつ新しい血球をつくっているので、薬がよく効いている証拠です」

と担当医もおっしゃってくれました。

また、この間の抗がん剤による副作用も「多少、指先がしびれるくらい」で、吐き気や嘔吐・むくみ・口内炎・便秘または下痢・発熱などほとんど何も起こっていませんでした。

医師からも、

「本当に何もないですか？　我慢していませんか？」

と聞かれますが、自分でも驚くくらい何もなく順調に経過していました。懸念していた脱毛も思っていたよりスピードは遅かったです。
ただし、今回はコレステロールと中性脂肪も検査したのですが、こちらの値は下がりませんでした。これは、ステロイドという薬の「体を活性化させるために、コレステロールを血液に貯める性質がある」影響で、どうしても値が下がりにくくなるのだそうです。おかげで「食事制限」は続行中でした。

ここまで、第一段階（寛解導入療法）と第二段階（地固め療法）の2つの治療がなされてきましたが、これほどまでに治療が順調に来ている理由を自分なりに考えてみましたが、次の3つが挙げられると思います。

〈1〉早期発見と早期治療開始
〈2〉治療方針の理解とそれに向けた努力
〈3〉友人や同僚、卒業生からの応援と希望を持つこと

1と2についてはこれまでも触れてきましたので、今日は「皆さんからの応援

と希望を持つこと」について説明します。

まずは応援。私のFacebookに病気についての公表をしてから、本当にたくさんの方から応援メッセージをいただきました。その一つ一つが、私の心の支えとなり、病気に立ち向かう力になっていました。

また、時間的余裕もできたので、知人の活躍などをSNSで見る機会も増えて、さらに「自分も頑張ろう」と勇気が湧いてきました。とても感謝しています、ありがとうございます。

そして、もう一つ大事なことは「希望を持つこと」でした。しかも、できるだけ多くの希望を持つことで、今やるべきことの意味が見えてきたのです。

私の場合は、この時点で次のような希望（願い）を持っていました。

・早く退院して家に帰りたい
・早く職場に復帰したい
・おいしいお刺身を食べたい
・おいしいお酒を飲みたい
・テニスやゴルフがしたい

・国内や海外に旅行に行きたい
・社会貢献をしたい
・新しいことにチャレンジしたい

こういった数多くの具体的な願いを実現するために、頑張っていました。自分や周りがどのような状況にあったとしても、将来は必ず良くなると信じて、今やるべきことをしっかりとやっていこうと思っていました。

やっぱり「未来を信じ　未来に生きる」ですね。

これは、立命館大学の名誉総長である末川 博名誉総長の言葉です。

闘病記コラム③　京都・東山三条の居酒屋「あゆや」

私は2014年4月から翌年の3月まで、京都の東山三条付近に住んでいました。東山に住み始めてひと月経ったころに地下鉄の東山駅から古川町商店街を歩いていると、京都のおばんざいを出す居酒屋「あゆや」があったので、ふらっとそこに立ち寄りました。

その店は、カウンター席が3席とキッチン隣の席が一つで、どんなに詰めても5名しか入らない小さな居酒屋でした。

おかみさんの「アキちゃん」がつくるおばんざいがとてもおいしくて、ビールを1本付けながらご飯を食べて家に帰るにはちょうど良いお店でした。

また、その店に来るお客さんは、地元の企業に働く人やホテルの社長さん、町内会長さんや旅行中の外国人の方などさまざまで、いつ入っても楽しい会話のできるお店であり、私は週に2、3回くらい立ち寄っていました。

しかし、1年後に少し離れた場所に私が引っ越してしまったのと、この店自体がおばんざいを出さないようになり、お酒と会話を楽しむ店になったこともあり、ひと月に1回くらいしか行けなくなってしまいましたが、忘年会や新年会などその店に集うお客さんたちの飲み会に誘っていただく関係が続いていました。

このお店は店内が狭いということもあって、お店に来たお客さんどうしでも会話が始まり、すぐに仲良くなってしまう不思議な雰囲気がありました。ある時は近所のイタリアンのイタリア人シェフと仲良くなって、「みんなでイタリア料理の作り方を教えてもらおう」ということになり、イタリアンのお店が休みの日にイタリア料理を学ぶ会を開催したりしました。

またある時は、「ゴルフがしたい」「海で釣りがしたい」などの希望に応えて、参加できる仲間を募って企画したりしていました。

「京都の人は本音を言わない。顔で笑っていても心では何を考えているかわからない」という噂を聞いていましたが、決してそんなことはなく、皆とても親切で楽しい人ばかりでした。でも、そういえばここに来る人たちは根っからの京都人ではなかったかも……。

「あゆや」のお客さんと乾杯

その5　骨髄移植へ向けた準備
― 天は自ら助くる者を助く ―

夏に始まった私の闘病生活も10月初めには白血病治療の第二段階（地固め療法）も4週目が終わり、「休薬期間」に入るタイミングで一時退院の許可が出て、10月7日から約10日間、自宅で療養することになりました。

前回の自宅療養では、落ち込んだ体重をなんとかしようと思って肉ばかり食べていたのでコレステロールと中性脂肪の値が高くなり、その結果として「食事制限」が継続してしまいました。

そこで、今回は「食事を改善しよう」と思い、自分で和食をつくってみようと考えました。本屋さんで市瀬悦子著『基本のきちんと和食』（主婦の友社）という本を買ってきてのチャレンジです。

サンマの塩焼き・ブリの照り焼き・筑前煮・カレイの煮付け・牛肉とごぼうのしぐれ煮・大根のそぼろあん・切り干し大根の煮物・小松菜と油揚げの煮浸し・

おでん。

レパートリーが少しずつ増えていきました。本の通りにつくっても、なかなかうまくいかないときもありますが、意外とおいしくできてしかもヘルシーなので、これからも和食をつくっていきたいと思っています。

ただ、男の手料理は時間がかかりすぎる。これをなんとかしなくては！


さて、充実したリフレッシュ期間も終わり、10月20日から私の白血病治療の第三段階（地固め療法Ｃ１）に入りました。

再入院してカテーテル（首の静脈に直接管を入れる）の挿入や血液検査・尿検査などを行い、いよいよ第三段階の治療が始まりました。

順調にいけば、この治療は造血幹細胞の移植までの最後の投薬治療になります。今回の治療もやや強めの抗がん剤の治療になりますが、第二段階と異なるところは使う薬剤と、主に点滴による投薬になるところでした。

つまり、点滴の管が24時間つながっているので、運動や移動が制限されます。また、薬剤が長く体内にとどまることを避けるために、大量の水と「利尿剤」をカテーテルから入れている関係で、1時間半から2時間おきにトイレに行かなくてはならず、これも困ったものでした。もちろん夜中もです。

さらに、抗がん剤による胃の粘膜への攻撃を抑制する薬剤で今までになかった副作用が出ていました。手足や顔に赤い斑点が出て、少しかゆみがあるのです。医師からは、「かゆみ止め」の塗り薬が処方されて、我慢できないほどではないので薬を塗りながらなんとかしのいでいました。

一方で、「造血幹細胞移植」について嬉しい報告がありました。私の白血球の型（HLA）と完全に一致するドナー（提供者）が見つかったのです。

といっても、ドナーは私の姉でした。しかし、兄弟姉妹の白血球の型が一致する確率は25％（4分の1）。私には姉が一人しかいないので、一致するかどうか心配でしたが、一致することがわかって本当に良かったです。

このまま、治療が順調に進めば、最短の時間で移植まで進むことになります。

10月20日から始まった第三段階（地固め療法C1）の治療は、これまでの白血病治療に加えて「さらに残っている白血病細胞を減らす」ための治療になります。したがって、これまで使われていた抗がん剤とは異なる、少し強めの抗がん剤を使用しました。そのため、今まで出ていなかった「吐き気」とか「全身のだるさ」などの副作用が出てきました。

赤い斑点やかゆみについては、一時期よりは治まってきましたがまだ少し残っています。食事も、今までは全部食べていましたが、少し残すことがあるようになりました。

担当の医師にこのことを伝えたところ、

「強い抗がん剤を使っているので、それぐらいの副作用は普通に出てきます。ほかの人より少ないほうですよ」

という返事でした。我慢するしかないようです。

また、白血球やヘモグロビンの量も減ってきているので、自分の病室から出られない「外出禁止」と手洗い・うがいの徹底を言われました。

ヘモグロビンや血小板の量はこれからも下がっていく見通しで、さらに下がった場合は輸血も必要になるとのことでした。ちなみに、輸血は治療のなかで想定内のことだそうです。

治療再開から10日ほど経ちました。10月31日はハロウィンなので、病室（個室）のなかにいろいろと飾り付けをしました。

私の子どものころはほとんど誰も何もしなかったハロウィンですが、最近は仮装行列をしたり、パーティをしたりと、まるでクリスマス並みに市民権を得たようです。

「キリスト教の信者でもないのに」とか「仮装をするのはアメリカの文化」とか言う人もいますが、私はイベント好きなのでみんなが楽しめるなら楽しんだほうがいいと思っています。

こうして雰囲気だけでも楽しんでいたところでしたが、ちょうどハロウィンのころから高熱（39・9℃）を出したり、口内炎や口唇ヘルペスを発症したりして、満足に食事ができなかったり、気分が悪くて寝たままの状態が3日間ぐらい続きました。

徐々に良くなってきて、1週間くらいでほとんど回復しましたが、口の周りのヘルペスはまだカサブタができたままでした。

原因として考えられるのは、抗がん剤治療により白血球の量が減少し、体の抵抗力が弱まっているところに何らかの菌が入り込んだのと、口内炎・口唇ヘルペスが重なったことだと思われます。

抗生剤を投与し、白血球やその他の血球の量が回復するとともに、症状も治まり病状も回復していきました。一時は、熱も上がり、倦怠感や吐き気などがあり、味覚も感じられなくなって食欲がなくなるような状態でした。どうなることかと思いましたが、徐々に元に戻ってきたのでよかったです。

次第に体調も回復したところで、造血幹細胞移植へ向けた体の検査が始まり、血液検査と尿検査で血球などが正常に回復していることが確認されました。

その後、口腔外科や消化器内科・消化器外科・循環器内科などの診察を受け、手術へ向けて異常がないことが確認されました。

さらに、脳のＭＲＩ検査・顔面（副鼻空）のＣＴ検査・胸部腹部のＣＴ検査などがありました。すべてに異常がないことが確認されれば、いよいよ造血幹細胞移植が始まります。

闘病記コラム④　白血病と造血幹細胞移植のドナー探し

前にも述べましたが、白血病の治療では、最終的には「造血幹細胞移植」が必要になることが多いです。

造血幹細胞移植というのは、がん化した白血球をつくり出す元の造血幹細胞を抗がん剤や放射線治療などですべて死滅させた後に、新しい造血幹細胞を血液内に注入する手術のことです。

移植に際しては、もちろんどの造血幹細胞でもいいというわけではなく、白血球の型が合う人の造血幹細胞を移植しなくてはいけません。

白血球の型（ＨＬＡ）が一致する確率は、兄弟の場合４分の１ですが、血縁関係にない人の場合は数万分の1から数百万分の1と言われています。

私も骨髄バンクのドナー登録の方のなかから私のＨＬＡ型に合う人を探してもらいましたが、「４名の人が合致した」という結果でした。

それを聞いて私は安心したのですが、主治医からは「これでは移植は難しいですね」と言われました。なぜかと言うと、ＨＬＡ型の適合者が４名いたとしても、実際に移植を進めようとすると、健康状態や仕事などの都合、費用負担などいろいろな原因で辞退される方がいるので難しいということです。移植するには適合者が10名くらいいてやっとできるというものなのだそうです。

ここに記載した内容は2015年のものですので、現在は少し違っているかもしれませんが、このような説明を聞くと、もっと骨髄バンク登録者が増えてほしいと願うとともに、骨髄移植に対する経済的な支援や職場など社会の理解が進むことを希望します。

このことをFacebookに書いていたら、私の教え子が「私も先生の話を読んでドナー登録をしてきました」と連絡をくれました。

そこで、骨髄バンクのドナー登録について簡単に説明します。

まずは「日本骨髄バンク」のホームページを見てください。そのサイトにある「チャンス」というパンフレットを読みます。その中には、骨髄移植や登録手続きなどについての説明が書いてあります。その内容を理解して登録してくださいということです。

内容を理解して協力できるということであれば、「チャンス」の最後にある「ドナー登録申込書」を印刷して、必要事項を記入し、登録受付窓口へ持参します。

登録受付窓口は、各都道府県に何ヵ所かあり、だいたいが保健所だったり献血ルームだったりします。これもホームページで調べられます。

そして、ドナー登録ができることが確認されたら、2ミリリットルの採血を行います。この採血は約20分で終わり、費用もかかりません。後日、ドナー登録確認書が送付されて完了となります。興味・関心がある人は、まず日本骨髄バンクのホームページを見に行ってください。

第2章　なんとか一つの山を乗り越えた

その6　姉からの末梢血移植

― 骨髄移植の一番の近道 ―

私の白血病治療もいよいよ最終の段階になりました。

11月30日から病院に再度入院して、造血幹細胞の移植へ向けた準備に入ります。白血病の治療ではほとんどの場合、最終的には「造血幹細胞移植」を行います。これは、ほかの人の造血幹細胞（血液をつくる細胞）を自分の骨髄に移植して、正常な血液をつくれるようにする手術です。

その移植手術が12月8日に決まりましたので、その1週間前から移植へ向けた準備が始まりました。移植の準備とは、完全にがん細胞をやっつけるため、今までよりさらに強い「抗がん剤」を投与します。

これにより、がん細胞はほとんどいなくなりますが、正常な細胞もやられてしまうのと、今までよりも強い副作用が出てきます。副作用の主なものは、吐き気と口内炎だそうです。この吐き気と口内炎を予防するために、多くの薬と栄養補助剤を飲んだり、歯磨き後にうがい薬を口に含んだりします。

そして、12月4日から完全なクリーンルーム（個室）に移動しました。いよいよ造血幹細胞移植へ向けた用意に入ります。

2日前から抗がん剤の投与は始まっていますが、今日から「アルケラン」というさらに強い抗がん剤を投与するので、完全なクリーンルームでの治療が始まりました。今までの病室もクリーンな環境ですが、それよりさらに強力に無菌状態を維持した部屋になります。移植後に血球の数値が安定するまで、この部屋で過ごします。外出禁止。面会は家族のみとなります。

部屋のなかの様子は以前の個室とあまり変わらない見た目ですが、少し大きくなりました。大きさで言えば12畳くらいはあると思います。

しかも、天井の3分の2がエアコンの吹き出し口になっていて、クリーンな空気が大量に吹き出るようになっています。テレビドラマであるような、透明のビニールのカーテンはありません。

しかし、この部屋では家族も入り口までしか入れないので、ベッドからは2メートルくらいの距離があって、見えないカーテンがあるようなものでした。

この部屋で手術まで過ごすのですが、移植直前の抗がん剤は副作用として「口内炎」が出やすいので、予防の薬を飲むことと投与の間に「氷を口のなかに入れてなめる」ということをしていました。

最初はひんやりとするだけですが、長く氷をなめていると口のなかが痛くなってきます。口内炎も痛いけど、氷も痛くてどっちが良いのかわからなくなります。でも、移植までには口内炎もできていなくて、とりあえず順調に経過していました。

12月8日、私の白血病治療の最終段階である「造血幹細胞移植」が行なわれました。

「移植」といっても大がかりな手術をするわけではなく、ドナーさんからいただいた「造血幹細胞」を輸血のように血管を通して私の血液に注入するのが主な作業になります。

そうはいっても、一番大事な治療行程であり、また拒絶反応など何が起こるかわからないので、担当の医師がつきっきりで看ていてくれますし、心拍数や血液中の酸素濃度や呼吸回数など機械で細かく記録をとりながら進めていきます。

また、今回の「造血幹細胞」は当初の予定量よりも多かったので（多いことはよいことです）、午前の1時間（4パック輸注）と午後の1時間（4パック輸注）に分けて行われました。

こうして特に拒絶反応もなく、順調に無事に移植を終えることができました。あとは、2週間くらいかけて無事に定着してくれることを待つのみです。

ただ一つ、お昼休みにちょっとしたハプニングがありました。午後の輸注のため病室に入ってきた医師が、

「お昼休みに何かありましたか？」

と聞いたので、

「心拍数が、急に120以上になったことですか？」

と、最初はとぼけましたが、私は言いづらいことですが本当のことを答えました。

「実は、昼にうとうと寝ていたら、ウンチを少し漏らしてしまう夢を見て、それを現実と勘違いして、ベッドから飛び起きて、新しいパンツを棚から取り出して、トイレに駆け込んで、はき替えようとパンツを下ろしたら、あれ⁇　何もない‼

そこで、夢だったことに気がついたんです」

みんなで大爆笑でした。

「造血幹細胞移植」が行われてから1週間が経ちました。

このころ、血液検査の結果は白血球・赤血球・血小板が過去最低の数値になっていました。これは、移植前の強い抗がん剤による影響で、移植治療のなかでは「当たり前に起こる反応」だそうです。

ただ、副作用である「強い吐き気」や「全身のだるさ」はこの1週間も続き、ほとんど毎日寝たきりの生活をしていました。

辛かったのは、吐き気がしてトイレに駆け込んでも、何も食べていないので口から出てくるのは少量の胃液のみだったことでした。

「何も食べてないのに吐きたくなるなんて！　なんでや！（なぜか関西弁）」

そんななかで、12月11日の金曜日の夕方に、病棟内の食堂で「クリスマス・キャンドルサービス２０１５」が行われていたので、看護師さんからの了解を得て見に行ってきました。

京大・医学部学生のコーラスグループによる合唱や元入院患者の方のミニコンサートなどがあり、最後には看護師さんから一人一人にメッセージが書かれたクリスマスカードの配布がありました。

こうして、移植した造血幹細胞の「生着」（私の骨髄のなかで正常に活動を開始すること）までは、この日から1週間ほどかかりましたが、いろいろな方々の応援をいただいてなんとか健康な体に戻れるよう頑張っていくことができました。ありがとうございました。

この年の年末には、テレビドラマ『下町ロケット』が放映されました。私は苦しいときも穏やかなときも病室のベッドでこのドラマを見ていました。

池井戸潤の小説『下町ロケット』（直木賞受賞）が原作で、ロケット打ち上げの「夢」を追いかける主人公が、一度挫折（ロケットの打ち上げ失敗）を経験し実家の下町の工場をついで社長となり、もう一度「夢」を追いかけて社員と一緒になって奮闘するという物語でした。

このドラマを見て、私が学んだことは「夢」を追いかける「情熱」が一番大事だということです。その「情熱」さえあれば、「技術」(スキルや方法)は努力で身についていきます。

努力といっても、並大抵の努力ではないかもしれません。場合によっては、不眠不休の作業が伴うかもしれません。でも、その努力を支えるのが「情熱」だと思います。何としても「夢」を実現させるという「情熱」が、努力の源となります。

「どんな難問にも、必ず答えはある」とドラマでは言っています。

では、「情熱」はどこから生まれてくるのでしょうか。「情熱の種」は、そこら中にあります。「がんに効く薬を開発したい」、「高校野球で甲子園に行きたい」、「自分で設計した飛行機を飛ばしたい」、「ダンスが上手くなりたい」、「三星レストランのシェフになりたい」、「会社で出世したい」、などいろいろな夢が情熱の種になります。

これらのなかから、自分の本当にやりたいことを見つけて、それを「情熱」、自分の全精力を注ぎ込めるものに育てていくことが必要です。この「情熱」を見つけることは「課題発見能力」と言ってもいいでしょう。

ただし、たとえ「情熱」をかけて挑戦しても、いろいろな条件のなかでその課題を達成できない場合があります。このドラマでは、それを「挫折」と言っています。しかし、「挫折を経験した者は、さらに強くなる」とも言っています。

次は、前の失敗を繰り返さないように工夫するでしょう。「挫折」を乗り越えて、新しい「夢」や「情熱」を探せばよいということです。

ここで、私自身を振り返ってみましょう。

私は白血病の治療中でしたが、早ければあと約半年後に「職場復帰」が可能となる予定でした。

そのときに、どんな「夢」に対して「情熱」を燃やすことができるでしょうか。

その「夢」を見つけることが、これから数ヵ月の課題になりました。

その7　移植後の経過

― 移植で終わりではなく、これからが長い道のり ―

移植手術から2週間以上経過した、12月25日の血液検査の結果が良かったので「クリーンルーム解除」になりました。

血液検査の結果を見ると、白血球と血小板の数が急激に良くなっているのがわかりました。

ヘモグロビンはもう少しですが、これは「普通、ヘモグロビンは増加が遅く出るもの」だそうです。

さらに、白血球のなかの「好中球」と呼ばれる血球が２００個以上ありました。これにより感染による危険度が下がるので「クリーンルーム解除」となりました。

実際には、通常のクリーンルーム病室にいることは変わりませんが、家族が部屋のなかに入ったり、家族以外の人と面会したりすることが可能になりました。

まだ、生着の判断には至っていませんが、ほぼ大きな山は越えたことになります。

ちょうど、この日はクリスマスですから、大きなクリスマスプレゼントをもらったことになりました。メリークリスマス！

そして、さらなるビッグプレゼント。

12月28日には私の造血幹細胞移植の結果が正式に「生着」と認められました。前日の血液検査の結果を見ると、白血球のなかの「好中球」と呼ばれる血球が500個以上あって、それが2日間連続して既定値を超えたので、正式に「生着」の判断になったのです。

つまり、ドナーさんからいただいた造血幹細胞が私の身体のなかできちんと働いてくれて、正常に血液をつくり出していることになります。

ただし、これからも新しい白血球などが私の体を「異物」と勘違いして攻撃するGVHD反応などが起こる危険性があります。そのために、生着が確定したあとも「免疫抑制剤」を投与していかなくてはなりませんでした。

これは、「あまり異物を攻撃し過ぎないように」コントロールする薬です。抵抗力が抑えられた私の身体は、今後も普通の人よりは病気などに感染しやすい状況にあるため、毎日の歯磨き・手洗いや外出時のマスクは絶対に続けなくてはいけません。

とはいっても、このまま順調にいけば1月末か2月中旬ごろまでには退院できそうでした。その間もずっと免疫抑制剤は飲み続けますが、その後は自宅でリハビリをして、体力の回復状況や血液検査などを見て、来年の夏ごろには職場復帰ができるのではないかと思っていました（その間も、ずっと免疫抑制剤は飲み続けます）。

ここまで、本当に大きな副作用もなく、担当の医師も驚くほど順調に来ていました。年の瀬も差し迫った12月29日には、一般の病室（個室）に移動しました。いろいろな人からの応援が、本当に力になった1年でした。


２０１６年。新年が明けました。無事に年が越せました。

前年末に造血幹細胞移植の生着が確認されましたが、年始になってもＧＶＨＤ反応や免疫抑制剤の使用による感染症の危険性、白血病の再発などの兆候がないかなどの検査の日々が続きました。

大晦日には、吐き気もだいぶ弱くなったので、「年越し蕎麦」をいただきました。

スーパーで売っていたお蕎麦を木製のお猪口に入れて、それなりにいい雰囲気で食べました。

元旦から三ヵ日は、本当は「お雑煮」が食べたいところですが、お餅を飲み込む勇気がなかったので、「お粥」です。以前に東京の学校の卒業生がつくってくれた「漆器」のお椀に入れて、おいしくいただきました。

一つ一つの行事を行うことが、生きていることの喜びを実感させてくれるものでした。

新年早々となる1月2日の血液検査の結果では、血小板と好中球の値はほぼ正常な値に戻っていて、あともう少しのところでした。

そこで私は、廊下を10周（1キロメートル）歩くのを毎日2回と、病棟の廊下にあるエアロバイクを20分こいで、「もういつ退院しても大丈夫ですよ～」と医師・看護師に向けてアピールしていました。ちょうど、サッカーの控え選手が、試合の後半にウォーミングアップするのと同じです。

後半からピッチに出られたのに張り切りすぎて故障してすぐにベンチに戻される、ということがないようにしっかり準備をして「十分に戦える体」になって退院したいと頑張っていました。

1月8日には、骨髄液の検査があり（例の一番痛い検査です）、その結果が出ました。私の骨髄液のなかの「造血幹細胞」は95％以上が移植したドナーさんのものであり、5％以下がもともとの私のものというものでした。

この「5％以下」というのは測定の限界以下ということで、つまりほぼ完全にドナーさんの「造血幹細胞」が骨髄のなかに満たされているということになります。骨髄の細胞レベルでも移植の成功が確認されました。

というわけで、晴れて私の血液型は「O型」になりました。造血幹細胞移植をするということは、まったく別の人の血液が私の身体のなかでつくられるということで、血液型も新しく移植された血液の型に変わります。私の場合は、もともとA型だったものがO型に変わってしまいました。

これから私との相性占いを行う場合は、「O型、牡羊座」でお願いします。私は生まれてから血液型はずっとA型だったので、「真面目で几帳面」なA型にも未練はありますが、「おおらかで、大袈裟で、大雑把」なO型にも少しずつ慣れていきたいと思いました。世界中のO型の皆さん！　新しく仲間に入りました。よろしく！

闘病記コラム⑤　看護師の皆さんの働きには頭が下がります

私が白血病を発症してから最初の造血幹細胞移植が終わるまで約半年と、二度目の発症から臍帯血移植までの約1年の間、京都の総合病院に入院していましたが、そこで働く看護師さんたちの働きには本当に感謝しても感謝し尽くせません。

私は大きな副作用もなく、毎日の検査や治療の際に看護師さんと楽しくおしゃべりをさせてもらいましたが、なかには「食事の時間に検査をしないでほしい」とか「シャワーの時間が浴びたい時間帯に取れない」というような自分の要求ばかりを強く言う患者さんや、副作用がひどくて排泄やシャワーなどほとんどすべてを看護師さんに頼む患者さんなどの対応でとても大変そうでした。

当然疲れているはずなのに、いつも笑顔で働いている看護師さんたちを見ていると、とても自分にはできない仕事だと思い頭が下がります。

ハロウィンやクリスマス、お正月などのときには、患者の皆さんが楽しめるような飾り付けやイベントを考えて実施したり、退院するときにはその場にいる皆さんが見送りに来てくれたりしました。

このような気遣いがあることで患者さんの気持ちは和らぎ、治療に対して積極的になれるのだと思いました。

その8　自宅療養
― 何もできない、何もしてはいけないという苦痛 ―

２０１６年1月23日に退院して、自宅療養に入りました。

もともと1月末に退院の予定でしたが、血液検査の数値や病状（ＧＶＨＤなどの反応が出るかどうか）が安定していたので、予定より早く退院することができました。

左の手首に巻かれたネームバンドを切ったとき、「やっと、退院できた！」と実感が湧いてきました。

退院後は自宅で療養しましたが、造血幹細胞の移植後のＧＶＨＤ反応を抑えるため「免疫抑制剤」を投与している関係で、人の多いところへは出かけられないですし、毎日3回の薬の投与や体力回復のリハビリなど、入院中とあまり変わらずに続けていきました。

それでも、自宅で過ごすというのは「安心感」や「自由度」が全然違っていて、とても嬉しく楽しかったです。

この後も、感染症などにならないように気をつけながら、体力を整えて早く職場に出られるように頑張っていこうという気持ちになりました。

節分の日には、近所の法輪寺（通称だるま寺）で「ダルマ市」をやっていたので、お参りしてきました。ダルマは「七転び八起き」と言われるように、「何回転んでも起き上がる」という言葉にあやかって、私もこれからなるべく早く復活しようと自分自身に誓いました。買ってきたのは交通安全祈願のダルマでしたが。

自宅療養を始めたころは、人混みが厳禁だったので自宅から出ずに過ごしていましたが、1ヵ月経過したころには、

「多くの人がいないところでは、マスクをしていれば大丈夫」

と言われていたので、買い物やトレーニングで外に出るなどしていました。それでも、感染予防のための歯磨き・手洗い・乳酸菌飲料と投薬は、入院中からずっと継続していました。2月14日には体力トレーニングのために、ロードバイク（自転車）を買ってもらいました。

というのは、ランニングは筋肉量が少ないのでまだできないし、ウォーキング

では長く歩くと膝が痛くなってきます。膝に負担が少なく、かつ適度に運動になるロードバイクを選びました。入院中にエアロバイクを漕いでいたので、退院したら実際のロードバイクに乗りたくなっていたという理由もあります。

最初のころは、約1時間半で約25キロメートルのサイクリングをしていました。コースは、自宅から嵐山に行って、嵐山の渡月橋から桂川沿いのサイクリングロードを南下して南区の久世橋まで行き、帰りは葛野大路を通って帰りました。消費カロリーは300カロリー前後ですが、結構疲れるので2日に一度くらいの頻度で出かけました。

サイクリングを終えて夕方に家に戻ってからは、夕食の準備をしました。私の家では、妻と私で早く家に帰るほうが夕食をつくるというルールだったので、必然的に私が夕食の担当になります。

夕食のメニューは、和食からイタリアン、中華料理などいろいろありますが、私が一番得意にしているのはビーフシチューでした。

3月3日は、久しぶりにビーフシチューをつくりました。タマネギやトマトを炒めて赤ワインで5時間煮込んでつくり、丹波の赤ワインと一緒に食べました。

自分で言うのも何ですが、結構上手にできておいしかったです。

そんな幸せな日々に突然暗雲が立ち込めます。退院から約2ヵ月が過ぎた4月4日に「緊急入院」することになったのです。

その前の週の金曜日から下痢ぎみで、最初は「急に寒くなって、お腹を冷やしてしまった」と思っていたのですが、身体を温めたり安静にしていたりしてもなかなか改善しませんでした。

その後の2日間も同じ状態が続いたので月曜日に病院に行きました。主治医の先生に診てもらったところ、

「これは、移植後のGVHDの一つと思われます。詳しく検査をして対応するために入院してもらいます」

と言われてしまいました。

しかし、入院した直後から処方された「ステロイド」（薬）が効いたようで、下痢が治まりつつあったので病院内を歩いたりエアロバイクを漕いだりと精力的に活動していました。

主治医の先生からは「最悪の場合は1ヵ月くらい入院することもあります」と言われていただけに心配していましたが、約1週間で無事に退院することができました。

自宅療養で少し生活が乱れてきていたので、ここで「もう少ししっかりと自己管理しなさい！」と神様に言われたのかもしれません。

白血病治療は入院期間が長く、抗がん剤による副作用などの影響で運動する機会が少なくなり、入院中に筋力の低下が多くみられるようです。

私の場合は、入院中でもわりと運動トレーニングをしていたほうですが、それでも筋力は6割程度まで落ちていました。

そこで、筋力を回復するために「自転車トレーニング」を行っていましたが、4月下旬には長い距離を走ることができるようになったので、実際に走ったコースを見てみましょう。

〈山科から宇治・平等院コース〉

自宅を出て、丸太町通りを東に向かって走り、鴨川を過ぎて東大路通から岡崎公園方面に曲がり、平安神宮・南禅寺を通って、山科へ峠道を越えました。この峠道（三条通）が結構きつかったです。

山科に出たら、京都外環状線を南に下って、醍醐道に入って醍醐寺に寄り、そのまま南に下って六地蔵から宇治まで走りました。宇治では、お昼に抹茶そば（ニシンそば）を食べました。とてもおいしかったです。

その後、宇治橋を渡って南側にある平等院を見学しました。平等院は藤原氏ゆかりのお寺で、10円玉の裏側に描かれている鳳凰堂が有名です。

帰り道ですが、今度は宇治川沿いの道を北向きに走って、伏見の中書島に寄りました。ここは、月桂冠や黄桜など日本酒の酒造メーカーが多くあります。

ちなみに、私が好きな日本酒の銘柄は『英勲』です。特に純米吟醸の『古都千年』はすっきりとした口当たりで、冷やで呑むのがおいしいお酒です。

さらにこのあたりには、坂本龍馬の襲撃事件で有名な「寺田屋」（旅館）もあります。

中書島を出たら竹田街道を北に向かい、水鶏橋を渡って大宮通を北に。途中の東寺を見て、京都水族館を左に曲がり、西大路に出て、さらに北に走って自宅に戻りました。

時間は4時間30分とかかりましたが、いろいろな名所を見ながらサイクリングできるので、楽しみながらトレーニングすることができました。

闘病記コラム⑥　Facebookでのやりとり

前にも紹介したように、私はFacebookで自分の病気と治療の状況を報告していました。ここでは、私の記事に対していろいろな人からのメッセージを受け取り、さらに私が返信するというやり取りがあります。

その一部を見てみましょう。4月20日の自転車トレーニングに対する、私の友人Kさんとの応答です。

Kさん：「向井さん、せっかく血液型がO型になったんだから、あまり生真面目にトレーニングしないで適当にやりましょうよ」

私：「そうですね、せっかくO型になったのだから夜中に行先も決めずにサイクリングしますか。ついでに、そのへんに置いてある自転車を勝手に借りるなんていうのもいいですね〜」

「盗んだバイクで走り出す、行き先も解らぬまま、暗い夜の帳りの中へ〜！

自由になれた気がした、58の夜〜〜！」

これは、歌手である尾崎豊さんの『15の夜』の歌詞をパロディにしたやり取りです。

その9　職場復帰へ向けて
― やりたいことがあるって素晴らしい ―

２０１６年も4月の末になったころに、主治医の先生から「新幹線や飛行機には乗ってもいいですよ」と言われたので、この年のゴールデンウィークの3日間で東京に行ってきました。

新幹線に乗って長い距離を旅するのは久しぶりで、白血病を発病してから初めての旅行になりました。マスクや手洗いなどに気をつけながら、東京の家族や元同僚に会いに行く旅に出かけました。

東京に着いた翌日の夕方には、東京の私立学校の元同僚の先生方と会う機会があり、国分寺の豆腐料理のお店で一緒に食事をしました。

これまでの入院の経過や退院から現在までの様子などを話して、これまでいろいろな方からの励ましによってここまで来られたことを感謝しました。

その翌日には、母親のお墓参りに行って来ました。八王子の霊園は天気が良くて、新宿の高層ビルまで見渡せました。また、この日は暑くて、まだ5月初旬なのにセミが鳴き始めていました。

楽しい時間はあっという間に過ぎ、帰りの新幹線から富士山がよく見えていました。やっぱり旅行はいいなあ。

東京で元気をもらえたからか、5月はなかなか精力的に活動できました。

5月8日は久しぶりに自転車でトレーニングをしながら嵐山のカフェに行ってきました。嵐山の渡月橋の近くにある「アラビカ京都　嵐山」というカフェに行くと、天気も良かったので多くの観光客の人が並んでいました。

この店は、もともと東山にあるお店の2号店で、店内のロースターで豆を自家焙煎するカフェです。そこで、アイスカフェラテとオリジナルブレンドのコーヒー豆200グラムを買って帰ることにしました。チョコレートのような風味のおいしいコーヒーでした。

5月13日には、琵琶湖の南湖を一周するコースをサイクリングしてきました。琵琶湖の東側にある「道の駅・草津」からスタートして、琵琶湖の東側にあるサイクリングロードを北上。琵琶湖大橋を渡り、琵琶湖の西側を南下して、途中の満月寺の浮御堂を見たりしながら、近江大橋を渡ってもとの場所に戻ってきました。距離は42キロメートルで時間は2時間30分かかりました。

これまでの自転車トレーニングや自宅の周りを散歩したり、ご飯づくりや掃除・洗濯などの家事をこなしたりしていくなかで、体力が入院前のように少しずつ回復していることが自分でも実感できるようになりました。

こうしたなかで、6月になったときに職場にお願いして、「職場復帰のための訓練」と称して週に1回から2回通勤させてもらうことにしました。これは「通勤」といっても通常の勤務ではなく、病気で欠勤しているものが「たまたま職場に顔を出した」というような扱いにして、私の「職場訓練」をさせていただいたことになります。

最初は、週に1回。しかも午前中のみの勤務で始めました。勤務といっても正式な業務があるわけではなく、今までの業務内容の整理と現在の業務でどんなことが進んでいるかを理解することを主に作業していました。

電車に乗って通勤することや机の上で何時間も作業することなど、入院してから約1年間まったくしてこなかっただけに、どうなるだろうと不安でしたが職場の人のサポートもあって、無事に職場復帰へ向けた訓練ができました。

この「訓練」が功を奏し、7月1日に正式に職場復帰することができました。昨年の7月末に白血病を発病し、その後に抗ガン剤治療や造血幹細胞移植を経て、今年の1月末に退院。そして約半年の自宅療養を順調に終えて、ようやくこの日から職場復帰です。

ちょうど前日は「夏越の大祓」の日で、1年の半分が過ぎる日に茅の輪をくぐってお祓いをすると厄難を逃れることができるという日でした。

そこで、家の近くの北野天満宮に行って茅の輪くぐりをして来ました。そのときに次の言葉を唱えます。

「水無月の夏越の祓いする人は千歳の命のぶると言うなり。蘇民将来、蘇民将来」

入院のときに主治医の先生は、職場復帰までには1年半から3年はかかるとおっしゃっていました。たぶん、長めにおっしゃったと思いますが、私は抗ガン剤が良く効いたことや造血幹細胞移植のドナーが親族から見つかったことなどから、最速の1年弱という短さで復帰することができました。

これも、多くの方からの応援メッセージや楽しい話題を提供してくれたおかげだと思っています。本当にありがとうございました。

職場で約1年ぶりの出勤簿に押印しました。この何でもない瞬間がとても嬉しかったです。

その10　職場復帰しての様子

― 時限爆弾を抱えたままの普通の生活 ―

私は、大学を卒業してから37年間、ずっと私立の中高一貫校に勤めてきました。初めは東京都の中高一貫校で16年間勤めて、その後に北海道の中高一貫校（私立大学の附属校）に16年間。そして、２０１４年の４月から京都にある私立大学附属校の統括部門に勤務することになりました。

その京都の職場に勤めているときに白血病を発症したのですが、１年間の入院を終えて元の職場に戻ることができました。

職場では、私の病状に気遣っていただき、外回りの業務を控えてもらって、室内での業務を中心にしてもらえるよう配慮をしていただきました。

こうした優しさにも支えられ、私は徐々に1日中の勤務にもなれて、机上の仕事が続いて体力がありあまるときなどは、休日にサイクリングをしたりドライブして買い物に出かけたりできるようになっていきました。

職場復帰をして体調も安定してきたので、主治医に、

「オーストラリアに海外旅行することは可能ですか？」

と聞いてみました。すると、

「白血球やほかの数値も良くなっているので、安全に気をつけながら旅行するなら大丈夫ですよ」

と言われました。


実は、私の姪がオーストラリアで結婚式を行うというので、できれば二人の結婚を現地で祝福したいと思っていました。結婚する二人はともに日本で暮らす日本人なのですが、ぜひオーストラリアのケアンズの教会で結婚式をあげたいということで、私たちも親戚として参加させてもらうことにしました。

8月23日の早朝にケアンズ国際空港に着いて、タクシーでホテルまで送ってもらいましたが、朝7時に着いたのでまだホテルのフロントが開いていませんでした。私たちは、ケアンズのマリーナのあたりを散歩して過ごしました（ホテルのフロントが開いていないなんて海外ではよくあることですね）。

9時ごろになってようやくホテルに入れたので、少し部屋のなかで休んでから、

ケアンズ市内を散策しました。空気は乾燥していましたが、気温は過ごしやすくて、天気も良かったのでとても気持ちよく歩くことができました。

お昼にステーキバーガーを頼んだら、すごいボリュームですぐにお腹いっぱいになりました。この日は長旅のせいか少し疲れていたので、市内のお店でショッピングをしたり、海沿いのカフェでコーヒーを飲みながら休んだりして過ごしました。

翌日は、グリーン島に行って来ました。大型の高速船でケアンズの港を出て、50分でグリーン島に着きました。この島は、グレートバリアリーフのサンゴのかけらが積もってできた小さな島です。グラスボートやシュノーケリングをして、グレートバリアリーフの熱帯魚たちを見ることができました。

夕ご飯に、アンガス牛のヒレステーキを食べました。こちらも、ボリューム満点でおいしかったです。

3日目は、姪の結婚式に参加しました。曇りでしたが、かえって日射しもきつくなく、素晴らしい雰囲気のなかでの式でした。

ホテルのなかの教会での結婚式だったので式中の撮影はできませんでしたが、式の後にホテルの庭やマリーナでの撮影のときに少し写真を撮ることができました。

結婚式の後、イタリアンレストランで最後の夕ご飯を食べましたが、今回の旅行で三度目のオージービーフのステーキがとてもおいしかったです。またもボリューム満点でした。

この旅行の直前に近江牛のステーキを食べていたのでおいしさは近江牛には負けてしまいますが、以前のイメージよりずっと柔らかくておいしかったです。

素晴らしい結婚式とボリュームたっぷりのオーストラリア料理に満足して、日本に帰国しました。


この年は先のオーストラリア旅行を皮切りに、今までの闘病生活で奪われた楽しみを取り返すかのように、いろいろと出かけました。

オーストラリアから帰国してすぐ、9月9日に、大阪にあるＵＳＪ（ユニバーサル・スタジオ・ジャパン）に行ってきました。

これは、ＪＣＢカードの「ハロウィン貸し切りキャンペーン」に応募したら、ペアチケットが当たったものでした。14時から入場が可能なチケットでしたが、仕事が終わってから向かったので、ＵＳＪに着いたのは19時半を過ぎていました。それでも「貸し切り」だったので、入場者が８０００人くらいしかいなくて、ほとんどのライド系のアトラクションは並ばずに乗ることができました。

結局６つのアトラクションに乗りましたが、なかでもハリーポッターの３Ｄのライドが、映し出される映像と音響と振動が合わさってとてもすごかったです。まだ乗ったことがない人は、ぜひ乗ってみてください。感動すると思います。

また、当日はハロウィン・ホラーナイトということで、ゾンビの格好をした人が多く歩いていましたが、それを避けながら歩くのに少し苦労しました（やり過ぎだ～）。

帰りには、ハリーポッターの登場人物たちが印刷された電車が来ていたのでそれに乗って京都まで帰りました。自宅に着いたのは夜12時を過ぎていましたが、初めてのＵＳＪだったので、とても楽しかったです。ＪＣＢカードさん、ありがとうございました！

このほかにも、少し時間が飛びますが、２０１６年の年末には香港に旅行に行きました。

冬の京都では、年末になると最高気温が1桁の日もありましたが、香港では18〜20℃と過ごしやすかったです。でも、気温のわりに町の人は冬の服装の人が多いようでした。香港の人にとっては寒いのかもしれません。

香港では、ワンタン麺のお店や飲茶のお店に入りましたが、イタリアンのお店も意外と多いので、おいしそうなところに行ってみました。見た目もきれいな盛り付けで、味もとてもおいしかったです。

移動手段は、地下鉄が便利ですが、フェリーや二階建てトラムは料金が安く眺めもいいので今回初めて利用してみました。

そして、香港の良さは何と言っても、夜景の素晴らしさです。前回来たときは、九龍半島のチムサーチョイのホテルに泊まって夜景を見ましたが、今回は香港島のホテルに泊まっているので、反対側からの夜景を見てみました。

どちらも綺麗な夜景ですが、前回の夜景を見るために1時間くらい外で立っていたので寒い思いをしましたが、今回はホテルの部屋の中から見ることができるので、とても楽に見ることができました。

香港の街のなかは、人々の活気とパワーに満ち溢れていました。

香港で迎えた大晦日の12月31日。旅行の最後の日にもなるので、景色の素晴らしいビクトリアピークに行きました。

まずはソーホー地区にある「世界一長いエスカレーター」に乗ってみました。帰りは階段を下ってきたら、1600段以上ありました。

次に「BIGBUS」のオープントップバスによる市内ツアーに参加しました。このツアーに参加すると、ビクトリアピーク行きのトラムに並ばずに乗れるからです。オープントップの二階席からは、香港の街並みが身近に感じられました。ビルから横に突き出す看板にも手が届きそうでした。

そのあとケーブルカーでビクトリアピークに着いたのは日没の前でしたが、1時間ほど待つと綺麗な夜景になりました。風が吹いていて、ちょっと寒かったですが、とても素敵な1年の締めくくりになりました。

せっかくなので2016年を振り返ってみました。

私にとって2016年の漢字は「和」です。

この年の1月末に、6ヵ月に及んだ入院から退院ができて、京都の自宅で「和やか」に過ごすことができました。

家では、夕ご飯の当番になり、「和食」の料理を多くつくるようになりました。自転車を購入して、サイクリングで体力回復に努力しました。二輪の輪と「和」を掛けたんですがちょっと苦しい……。

夏はオリンピックで「日本（和）」の活躍に感動しました。特に、男子400メートルリレーの銀メダルは、「チームワーク（和）」の力に勇気をもらいました。秋は大隅さんがノーベル賞を受賞して、「日本（和）」の科学技術の力に確信を持ちました。

そして、私は2016年も1年、皆さんの力をもらいながら、なんとか「平和」に過ごすことができました。

2017年は、どんな1年になるのでしょうか。

第3章 何度も試練はやってくる

その11　白血病の再発症
――ついに地雷を踏んでしまった！――

２０１７年3月13日から4日間、石巻市の雄勝にあるＭＯＲＩＵＭＩＵＳでの高校生の研修会に参加してきました。ＭＯＲＩＵＭＩＵＳというのは、東日本大震災の後に、地域の復興や持続可能な社会を目指して、子どもたちから社会人まで宿泊して研修できる施設です。

今回の研修は、私立の附属高校４校の3年生が参加する「ネクストリーダープログラム」（ＮＬＰ）という企画です。ＮＬＰの目的は、高校を卒業してから大学に入学する前に、大学で何を学び、その後の社会人として何をするかを考え、大学ではリーダーとして活躍するための研修です。

今回、ここに来たのは、附属校４校から選ばれた意識の高い生徒26名と引率の教員3名でした。

研修の初日に石巻市立大川小学校を訪問し、雄勝町の語り部の方から東日本大震災のときの状況をお伺いしました。また実際に校舎や校庭の様子やすぐ近くに迫っている山などを見て、当時の状況について考えることができました。

それからバスに乗って、まだ震災から完全には復興できていない町の状況を見ながらMORIUMIUSに到着しました。

MORIUMIUSの代表である立花貴さんから、研修の目的と最終日の目標を話していただいて、いよいよ研修が始まります。

研修内容には、座学だけではなく、林業体験（下草刈りや間伐など）や漁業体験（ホタテの養殖の手伝いやワカメの袋詰めなど）などをしながら、自分たちの生活がどのような仕事によって成り立っているのか感じる体験も含まれていました。

さらに、炊飯や風呂焚き、施設の掃除などを自分たちですることによって、普段の生活がいかに楽しているか、さらには自分がどう動いたら人の役に立つかを考えさせる体験となっています。

最終日に、高校生はそれぞれの班で「今回の体験をどのように継続するか」「大学やそれぞれの地域で、どんなことに挑戦するか」をプレゼンしました。

意識の高い生徒たちだったので、かなりレベルの高いプレゼンになりましたが、それをどのように実行するか、さらにはどんな結果につながっていくかが今後の課題でした。

参加した高校生たちは、みんな達成感のある活き活きとした顔でMORIUMIUSを後にしました。これから、26名の参加者が大学生になって、さらに活躍してくれることを期待しています。

新年度になると、私は4月1日より長岡京市にある私立中高一貫校に配属が変更になりました。3年ぶりに中高の現場で理科の授業を持つことになりました。この学校は2002年度から4期17年間にわたってSSH（スーパーサイエンスハイスクール）の指定を受けていて、科学を通して18ヵ国以上の国や地域の高校生と交流を実施しています。

さらに2014年度からはSGH（スーパーグローバルハイスクール）事業の指定もされて、「貧困」や「災害」をテーマに海外で調査研究を行ったり、11ヵ所の国と地域から高校生を招いてフォーラムを開催したりしています。そんな先進的な学校で、中学3年生の理科を担当することになりました。

そこで4月16日は、私の誕生祝いと教員としての職場に復帰したことのお祝いを兼ねて、長岡天神の「錦水亭」に行って来ました。長岡京はこの時期、筍（たけのこ）が旬で、錦水亭ではおいしい筍のコース料理が有名なので、それを食べに行きました。

店の敷地に入ると見事な光景に目を奪われます。桜はもう終わりでしたが錦水亭はツツジも有名で、池と花と建物の調和がとても美しかったです。

肝心の食事も最高で、八寸からお造り、焼き物、煮物、天ぷら、お吸物、ご飯、すべて筍づくしのコースでした。筍料理はとてもおいしかったですが、「もう当分タケノコは食べなくていい〜〜！」と思いました。でも、来年の春頃まで筍は採れませんけどね。

このように始まった職場への復帰ですが、充実感もあって瞬く間に時間が過ぎ、気がつけば夏を迎えていました。

京都の夏はとても暑いです。盆地であることと街中にコンクリートやアスファルトが多くて、ヒートアイランドになっているのではないかと思われます。

そんな京都の夏の風物詩として、有名な五山の送り火があります。この年は、嵐山の近くの遍照寺にある広沢池に行ってきました。昨年は、送り火の日に雨が降っ

遍照寺広沢池の「灯籠流し」

ていたので車から見ていましたが、今年は晴れて風も弱かったので広沢池に行くことにしました。

広沢池では、夕方7時半ごろから灯籠流しが始まり、池の水面に色とりどりの灯籠が流されていきます。夜8時20分ごろに嵐山の方角にある「鳥居」の送り火に点火が始まり、灯籠流しの池の向こうに鳥居の送り火が見えるようになります。とても綺麗で厳粛な光景で、少し涼しくなった感じがしました。

突然、悪い知らせが舞い込んで来ました。

10月26日の夜に主治医の先生から電

話がかかってきました。

「月曜日の血液検査の結果が悪く、白血病の再発の状態と考えられます」

主治医の先生からは明日にでも入院が必要だと言われたのですが、ちょうど成績処理など私しかできない仕事が残っていたので、1日だけずらしてもらって、10月28日から京大病院に緊急入院することになりました。

自覚症状はほとんどないので、私は「本当に再発したのかな？」という感じでしたが、検査の数値は前回より100倍も高いものになっていました。

再発した白血病の治療は翌週から始まりましたが、基本的には2年前と同じように抗がん剤の投与によって白血病細胞を撃退することと、最終的には再度造血幹細胞の移植になると思われました。

1回目の白血病の発症のときと同じような憂鬱で苦痛な半年間を病院で過ごすことになりますが、Facebookを中心として多くの皆さんの声援を受けて元気に復活できるように頑張ろうと考えました。

入院先は、最初に白血病を発症したときと同じように、京大病院の積貞棟です。病棟全体として明るい雰囲気で、担当医の先生も親切丁寧で、看護師さんも優しく細やかな対応をしていただいて、とてもありがたい状況でした。

また、前回の入院でだいぶ慣れているということもあるので、私は病室のなかではわりと自由に行動することができました。

しかし、雑菌の侵入をしっかり管理している病室なので、皆さんからの直接のお見舞いはご遠慮させてもらっていました。私はFacebookで近況を報告していましたので、メールなどで激励の言葉をいただければと思っていました。

入院直後は毎日、午前と午後にはエアロバイクを30分ずつ漕いでいました。その後に全長約100メートルある廊下を10周歩いていました。体力の衰えが心配なので、できるときにはやっておこうと思ったのです。あと、ヤクルト、R-1、ポリフェノールなど身体に良いものは何でも続けていました。


10月30日から始まった抗がん剤治療は、再発の白血病に対するものなので、それに合わせた一般的な「ハイパーCVAD」という治療を行うということでした。今回の治療は、最初に4日間薬剤投与をして様子を見ながら、経過が良ければまた4日間薬剤を投与するという手順で行われました。

ちなみに、ＣＶＡＤというのは、どうやら使う薬の頭文字を並べて付けたネーミングのようですが、要は抗がん剤で白血病の元になる悪い白血球をやっつけるということです。

ただ、その際にほかの血球などもやっつけてしまうため、吐き気や倦怠感、食欲不振、脱毛、感染症にかかりやすくなるなどの副作用が発生します。この副作用が多くの白血病患者の治療を苦しいものにしている原因でした。

私の場合、１回目の治療のときもそうでしたが、今回の治療でも最初のところではほとんど何も副作用は出ていませんでした。

ただし、脱毛の副作用は早かれ遅かれ必ず出てくるので、前日のうちに病院内にある床屋さんに行って、坊主刈りにしてもらいました。この道40年以上の床屋さんに今回は3ミリにしてもらいました。

こうすることによって、抜けた髪の毛がタオルに付いたり、シャワールームの排水溝にたまったりするリスクを軽減することができます。

見た目は、やはり出家したての見習いのお坊さんのようになったので、あらためて「人生とは何か」「生命とは何か」などについて考えてみたいと思いました。

ちなみに写真の二本指は、ピースサインではなくて「二度目」を意味しています。

二度目の坊主刈り

その12　突然、ICUに運ばれた
― 死ぬってこういうことなんだ ―

11月24日に緊急手術を行いました。これは、小さな胆石があり、胆汁とすい液が流れにくくなっていたので、小さな管を入れて身体の外に出すというものでした。この手術は順調に進んで、胆石は取れていないものの管を入れることは完了しました。

ところが、その日の夜に事態は急変しました。

夜中に低血圧・低酸素状態になり、命の危険があるということで集中治療室（ＩＣＵ）に移される事態となりました。

ＩＣＵでは、血圧が異常に下がっていたので身体に水を20リットルくらい入れて、その水圧により血液を流れるようにするという対策と、人工呼吸器によって血液に酸素を送るという対策がとられました。このとき、体内に注入された水のために私の体重は最大で85キログラムくらいになりました。

家には夜のうちに連絡があり、翌日に妻が病院に行くと多くの医療機器が周りに置かれている全く違う病室で、顔も手足も膨れ上がった私の体を見てびっくりしたそうです。妻が私に声をかけると、呼吸器を口に挿入されているので声は出せないけれど、「うんうん」と顔を動かして返事をしたそうです。ところが、私にはこのころの記憶がほとんどなく断片的に少しの場面を覚えているだけでした。

「こんなときは、知っている人から励ましてもらったほうがいい」

「会わせたい人には、早く会わせてあげてください」

ということで、私の家族や妻の家族、東京の友人や京都にいる職場の人たちに病室まで来ていただいて、私に声をかけて励ましてくださいました。そのときにも顔や目を動かしたり、手でピースサインをしてみたりして来ていただいた方々に反応していたようですが、私はほとんど何も覚えていませんでした。

そのなかでこんなやり取りがあったようです。

私の義父が見舞いに来て帰り際に、

「元気になったら一緒に『英勲』を飲もうね」

『英勲』は私の好きな日本酒の銘柄でしたがそのとき私は、

「ううん」

と首を横に振ったそうです。びっくりして妻が、

「どうして？」

と聞くと、かすかな声で、

「も・っ・と・い・い・お・さ・け」

みんなで大笑いしたそうです。（たぶん『英勲』の「井筒屋伊兵衛」のことだと思います）

ＩＣＵに入って数日後には、心拍数が急に１５０を超えて危険な状態になったので、ＡＥＤ（除細動器）を使用して心拍数を安定化させたこともあったようです。

その日の昼に看護師さんが、

「昨夜は、急に心拍数が高くなったのでＡＥＤを使ったんですよ」

と普通に話していたので、

「身体は大丈夫なのですか？」

と妻がびっくりして尋ねると、

「ＩＣＵの患者さんではときどき使うことはあります」

と説明があったとのことでした。TVの医療ドラマなどを見ていると、生命の危険があるような場面でAEDが使われる場面が出てくるので、説明を聞いた後でも本当に大丈夫かと妻は心配したそうです。

結局5、6日間は、水で体が膨れて意識がもうろうとしている状態が続いていました。その期間に来ていただいたそれぞれの人に対して、私からは何らかの反応をしていたそうですが、すみませんが意識が戻ってからはほとんど記憶がなくて誰が来ていただいたのかも覚えていない状況でした。それでも来ていただいた方々に私が反応することで、私の体が活動しようという方向へ動いたのだと思います。具体的には、体のいろいろな部分へ血液が流れたのだと思います。来ていただいた皆さん、本当にありがとうございました。

その後、私の身体は徐々に回復していき、体に注入されていた水も少しずつ抜かれていって、緊急手術から1週間を過ぎて、やっと私の意識がはっきりと戻ってきました。

意識が戻ると、私は今まで見たこともない部屋（ICU）にいて、手足は結束バンドで固定されていて、口には人工呼吸器が入れられていて声を出すこともできず、「ここはどこなのだろう?」とぼんやり考えていました。

しばらくすると妻が横に来てくれて、

「あっ、気がついたのね」

と言って、これまでの経過を教えてくれました。私は人工呼吸器をくわえているので、声を出せずに「うぇ」「うぇ」とうなずいていました。

意識が戻っても私の体はずっと固定されたままなので、2時間も寝ていると体の血が流れにくくなって痛くなってきます。自分では寝返りを打てないので、看護師さんが2時間おきにベッドまで来てくれて、寝返りを打たせてくれました。

時には、1時間半くらいで背中が痛くなって寝返りを打ちたくなることもあるのですが、手が動かないのでナースコールを押すこともできずに、痛いままで30分以上も待つことがありました。そんなときは身体をミノムシのように少しずつ動かして、痛みを紛らわすように努力していました。

しかし、看護師さんは昼夜関係なく、2時間おきに寝返りを見に来てくれて、さらには人工呼吸器を使っているので痰がたまりやすく、それをときどきチューブで吸い取ってくれていました。本当にお世話になりました。

私は、意識が戻ってから、今回の緊急手術に入る前と手術の最中について考えてみました。もちろん、意識がもうろうとしていたのでほとんど記憶がないのですが、「人間が死ぬって、こういうことなのかな」と思うようになりました。

意識がなくなって、何も感じない、何の記憶もない時間が流れて、それでも私は目覚めたからその記憶がないことを感じるけれど、もし私が目覚めなかったら何も感じない時間が永遠に続くのだということです。

「痛い」という感覚もないし、「まだやり残したことがある」と悔しがることもない、あっけないものだなあと感じました。でも、それだからこそ「生きている間にやりたいことをしっかりやらないと」と思いました。

意識が戻って3日目くらいに、妻がスケッチブックに50音を書いて、それを指し示しながら私が「うぇ」（YES）や「ううん」（NO）と答えることで、私との意思疎通ができるようになりました。

といっても意思疎通は簡単ではなく、妻が指しているところと私が確認しているところが少しずれただけでまったく違う言葉になって、私はイライラしてしまい、

「うぇ！　うぇ！　うぇ！（違う違う違う）」

と叫ぶこともありました。

さらに1週間が過ぎて12月7日に、ようやく人工呼吸器が取れました。

最初に強制呼吸が取れたとき、声が出なくて「ぐぁ〜ぐぁ〜」というような音だけが出ていました。2時間くらい練習して、やっとまがりなりにも「アイウエオ」が言えるようになったときは、自分でも感動しました。声が出るって素晴らしい。自分の気持ちを言うことができるのです。

その後も、筋力をつけるリハビリ（寝ながらの足や腕の体操）や、座る練習など（体を起こして3分間座っているだけ）をして、ＩＣＵを出られる準備をしていました。

そのＩＣＵからは12月12日に出られ、一般病棟に戻りました。ＩＣＵの病室を出るときには、ＩＣＵの看護師の方々が写真を撮ってくれて、記念のパネルをつくってくれました。看護師さんも喜んでくれて、私も本当に嬉しかったです。でも、一番喜んでいたのは私の妻かもしれません。

まだ、鼻からのコード（強制酸素吸入）やお腹からのパイプなどいろいろ付いていますが、一般病棟のほうは自由度があり、気分も快適でした。

一般病棟では、食事をゼリーから始めて、1週間後にはおかゆを3口ぐらい食べられるようになりました。練習をして車イスにも座ることができました。ICUにいるころは、最初は3分も座っていたらめまいがしてすぐに横になっていましたが、このころには15分以上座っていても大丈夫なようになりました。

そのようななかで、クリスマスの日に大きなプレゼントが届きました。内視鏡による胆石除去手術に成功したのです！

約1ヵ月前に高熱と低血圧が続いて、感染症などを調べるためいろいろな検査をしても原因がわからず、そこでレントゲン撮影の結果から「小さな胆石が胆管と膵管のつなぎ部分にあり、これが膵炎を起こしているのではないか」という推測がなされました。

そこで、まずは胆管と膵管に細い管を通す手術を行ったのですが、私の身体が手術に耐えられず、冒頭の集中治療室（ICU）へということになってしまったのです。

意識不明に陥っていた私ですが、体調も徐々に回復してきて、「では、そろそろ胆石を取りましょうか」ということになり、クリスマスのタイミングで胆石の除去手術を内視鏡による方法で行いました。

手術といっても部分麻酔と眠り薬を使った手術だったので、１時間ちょっと私が寝ている間にすべてが終わっていました。

「胆石は無事に取れましたよ」

この一言が、とても嬉しかったです。この２ヵ月間の大きな原因が除去されたことになるからでした。

そして迎えた12月31日。２０１７年の大晦日に「年越しそば」を食べながら、今年の1年を振り返ってみました。

２０１７年も山あり谷あり、いろいろなことがありました。

新しい職場で、多くの人と出会い、新たな経験を積み重ねることができました。ところが、10月末に突然の入院などがあり、この1年間で自分がやろうと計画したことの半分もできませんでした。

入院してからは、多くの人に助けられ励まされて、人の温かさを再確認した1年でもありました。皆さんのおかげで、楽しく幸せな1年を過ごすことができました。ありがとうございました。

その13　二つの治療法を選択してください

―人生で重大な選択を迫られた―

２０１８年の始まりは、１月１日の朝9時から午後1時まで人工透析を受けることでした。

人工透析を受けた後は、自分の病室のベッドでグッタリと寝ていました。なので、実質的には2日から新しい年が始まったように感じました。

昼すぎには、妻が「おせち料理」と「お雑煮」を用意してくれて、それをゆっくり食べて、その後に「書初め」をしました。

２０１８年の漢字は「還」です。

これは、「還る」ということで、「早く治して家に帰る」と「職場に復帰する」という意味を込めています。さらに２０１８年の私は「還暦」を迎える年なので、もう一度初心に戻るという意味もあります。

まずは、現在の治療とリハビリを最優先にして、早い帰還を目指したいと思いました。

年末年始はリハビリの先生がお休みなので、自主トレーニングをすることになりました。といっても、リハビリの先生からトレーニング課題が出されていたので、完全なる「自主」ではありません。

さっそく、病室に持ち込んだプリンターで自主トレの表を印刷して、毎日の記録を書き込むようにしました。こうしておくと、「やらなきゃいけない」と思う性格なので、なんとか毎日続けることができたと思います。

正月休み明けに、この表をリハビリの先生に見せると、

「じゃあ、次の段階に行きましょう」

と、サラッと言われました。もう少し褒めてくれても、いいんじゃないかな……。

今年の一文字は「還」

次の段階とは、自分の足だけで歩くことができ、さらに階段歩行ができるようになることです。私のリハビリの先生は、「できることを何回もやる」というよりは、「次にできそうことをやってみる」という指導方針で、とてもキツイ練習をすることとありますが、私には合った方法だと思っていました。もちろん、安全には充分に配慮してもらっています。

そんなリハビリを頑張った成果もあって、2月の中旬に主治医の先生から「一時退院」の許可が出て、久しぶりに自宅に帰って来ました。

血液検査の数値もほぼ正常値に近くなり、階段の登り降りもできるようになって体力もついてきて、日常生活が曲がりなりにもできるようになってきました。

そこで、日曜日には神戸に行って、中華料理やステーキを食べて来ました。病院の食事では味わえない、おいしい料理を食べてストレス解消をしてきました。

また、途中でビーナスブリッジに寄って、「愛の鍵モニュメント」に南京錠をかけてきました。これは、この橋に好きな人と来て鍵をかけると結ばれるという伝説によるものです。

この一時退院の後、いよいよ白血病の治療に入る予定でしたが、腎臓の数値がもう少し改善してから治療に入ったほうがいいということで、このときは通常の生活をしながら、数値が改善するのを待っていました。

私としては、ほぼ正常な生活ができているので、早く白血病の治療に入ってほしいところですが、主治医の先生が言うことなので、少し復帰までの時間が延びてしまうのが気がかりでしたがそれに従っていました。

そして、3月15日より、京大病院に再入院することになりました。前日の検査によって白血病の抗がん剤治療に入ることが確認されたので、入院が決まりました。実際には、16日までに行われた血液検査やレントゲン、心電図やＭＲＩ検査などの結果から治療方針を決定するので、治療は19日以降で少し余裕がありました。そこで、日曜日に天気も良かったので、京大病院の敷地内を散歩することにしました。

ここ数日の暖かさのおかげで、春の花が少しずつ咲き始めて来ていました。白い花のユキヤナギや黄色い花のレンギョウが咲いているなかで、濃いピンク色のカンザクラも咲いていました。

でも、ソメイヨシノはまだつぼみが膨らんだところで開花はあと1週間後になりそうでした。

病院の近くに鴨川が流れていて、橋の近くに喫茶店があるので、そこでカフェオレとバナナブレッドをいただきました。とてもおいしかったです。

つかの間の休息を楽しんだあと、3月20日から抗がん剤治療が始まり、24日に終了しました。

この治療は、昼と夜の10時から約4時間、ステロイドや抗がん剤を点滴によって体内に注入するもので、昼はいいのですが夜は深夜に起されるので辛いものでした。抗がん剤による副作用も心配されましたが、軽い頭痛と手足のしびれが多少あった程度で、大きな副作用はありませんでした。

しかし、その後の血液検査の結果を見てみると、順調に白血球や血小板の数が少なくなってきて、血小板の輸血をすることになりました。

ただ、これは抗がん剤がちゃんと働いている証拠で、悪い白血病の細胞も殺してくれていると思われました。

この時期は白血球や血小板の数が少ない影響で、倦怠感が少しありましたが、翌週には少しずつ血球数も増えて回復していくと思われました。

これまでのところ順調に治療が進んでいました。

4月8日は、私の誕生日でした。60歳になりました。私も感激です。じゃなくて、還暦です。

「もう60歳になったのか」という実感はあまりないのですが、病気のこともあり、身体も思うようにいかなくなると「これが年を取るということか」と少しずつ思うようになりました。

「還暦」とは、昔は干支（十二支）と十干（甲、乙、丙〜癸）の組合せで暦（こよみ）を数えていたので、60年で元の暦に戻ることを意味しています。

そして、元に戻ることから「赤ちゃんに生まれ変わる」ということになり、「赤いちゃんちゃんこを着る」というような風習ができたと聞いています。これにも、諸説あるようです。

ただ、私はさすがに「赤いちゃんちゃんこ」は着たくないので、赤色のダウンベストとロサンゼルス・エンジェルスの帽子を着て、記念写真を撮ることにしました。

あとは、毎回おなじみのクラブ・ハリエのバウムクーヘンでささやかなお祝いをしました。

エンジェルスの帽子を選んだ理由は、大谷翔平くんのすごい活躍にあやかって、私もこれから自分の夢を実現するために努力することを表していました。

ちなみに、2018年に還暦を迎える有名人には、プロ野球チーム・読売ジャイアンツの監督の原辰徳さんや歌手の小室哲哉さん、海外では歌手のマドンナさんなどがいます。

また、4月8日生まれの有名人にはお釈迦様がいますが、「釈迦の教え」のなかにこんな言葉がありました。

「最大の名誉は倒れないことではない。倒れるたびに起き上がることである」

私もちゃんと治療して、はやく職場に復帰するよう努力しようと思いました。

しかし、4月の終わりごろ、

「お話があるので奥様と相談室に来てください」

と主治医の先生から呼ばれました。

私は「何だろう？　これからの治療のことかな？」と思っていました。

相談室に入ると、主治医の先生と担当医の先生そして看護師の3名が座っていて、少し神妙な雰囲気が漂っていました。

主治医の先生が、ゆっくりと今後の治療に関することについて話を始めました。

そして、その話の途中で、

「緩和治療と造血幹細胞移植のどちらを選択しますか？」

と聞かれました。

私は一瞬、耳を疑いました。

『緩和治療』というのは、強い抗がん剤治療や放射線治療などを行わないで、患者が感じる痛みを取り除き、穏やかに生活できるようにする治療（緩和ケアとも言うそうです）でした。

私は緩和治療というのは「末期のがん」で治療が困難な場合に行われるのだと思っていましたから、主治医の先生に、

「緩和治療を選択しますか？」

と聞かれたことはとてもショックでした。

そこで私は、

「緩和治療を受けたら、だいたいどれくらい生きられるのですか？」

と聞きました。主治医の先生は、

「人にもよりますが、だいたい半年から1年くらいだと思われます」

と答えました。すかさず私は、

「それしか生きられないとわかっていて、緩和治療を選ぶ人はいるのですか？」

と聞きました。すると、主治医の先生は資料を広げて、

「二度目の急性リンパ性白血病を発症した患者は、抗がん剤治療や造血幹細胞移植をしても1年後には約20％の人しか生存していないという結果が出ています。長く辛い治療をしてもそれだけしか生きられないなら、痛みもなく半年から1年間を家族と一緒に過ごしたいという人もいるんです」

と説明されました。

「私は、少しでも生き続ける望みがあるなら、その治療を選択します」

続けてこう言いました。

「このデータは過去10年間の統計データですよね。今の医学の進歩は早いので、今この時点での生存確率は上がっていると思います。私が生き続けることによって、

この生存確率を少しでもアップさせたいです」

私は造血幹細胞移植を選ぶことにしました。

自分の病室に戻って、妻と顔を見合わせると、

「あなたは、そう言うと思ってた」

と妻が私に言いました。

「そうだよね」

闘病記コラム⑦　転倒予防川柳

2018年4月4日は、京都府知事選挙の投票を行いました。

投票日は次の日曜日の4月8日ですが、病院を出られない人のために、病院内に臨時の投票所がつくられて、そこで投票ができるようにしてくれているのです。

「転倒予防川柳」の掲示板

私もその投票所まで行って投票をする予定でしたが、白血球の数が少なすぎるので、病棟を出ることもできないということになってしまいました。

そうすると、病室を出られない人のために投票箱を持って巡回してくれるということになり、私は自分のベッドの上に座って投票をすることができました。

投票と言えば、京大病院の「転倒予防川柳」も、この時期に投票を受け付けていました。

「転倒予防川柳」とは、高齢者の方が転んで怪我をすることが多いので、それを予防することを呼びかける川柳をつくろうというものです。京大病院では、昨年末に患者や家族または病院関係者の方々に川柳の作成を呼びかけていました。そこで、私は３つの作品を応募しました。

・「フロア（広間）でも　小さな段差　隠れてる」
―段差とダンサーをかけています。コンセントなどの小さな段差もあるし、小学生未満のリトルダンサーがいるかもしれないという意味です。

・「玄関や　タクシー乗り降り　腰（よう）注意」
―腰に注意と要注意をかけています。

・「手すり歩行　つかまり立ちは　つえー味方」
―「強い」と「杖」をかけています。

私の一推しは、最初のリトルダンサーです。

「転倒予防川柳」は京大病院の外来棟3階と中央棟をつなぐ廊下（ホスピタルストリートというらしい）にて投票を受け付けていました。自分で言うのも何ですが、応募作品はちゃんと掛け言葉になっているのは少ないです。でも、私のもわかりづらかったかな？

その14　二度目は臍帯血移植で
―赤ちゃんとそのお母さんたちに感謝です―

２０１８年の3月に新聞報道で「名古屋大学医学部でＣＡＲ‐Ｔ細胞による白血病治療の臨床試験を開始する」というニュースがありました。

妻の両親がこの新聞報道に気づいて、その新聞の記事を切り取って私に送ってくれました。また、しばらくするとこのニュースはテレビでも報道されました。

私もこのニュースについてインターネットでいろいろと調べてみて、この治療は急性リンパ性白血病に対する治療ということだったので、私の治療にも使えるのではないと思い、名古屋大学の高橋教授に連絡を取ってみることにしました。

まずは、名古屋大学の高橋教授の研究室の電話番号を調べて、研究室に電話してみました。すると、

「高橋先生は、現在、臨床試験の準備のためにアメリカへ出張しています。あなたの病状についてお聞かせいただいて、後日、高橋先生からご連絡いたします」

とのことでした。そこで、私の病名とこれまでの治療経過についてお話しました。それから1週間後に、

「基本的な情報はこの治療に適合しているので、主治医の先生からもっと詳しい情報を聞かせてもらえないか」

という返事が来ました。そこで、主治医の先生にも事情を話して、高橋先生と連絡を取ってもらいました。

それからまた1週間くらいが経過したところで、主治医の先生が私の病室まで来てくださり、高橋先生との相談結果を知らせてくださいました。

結果は腎臓の状態が少し悪いので現在の状態では臨床試験は難しいとのことでした。まずは、造血幹細胞移植へ向けた治療に専念し、その後に腎臓の値が改善したら新しい治療法にもチャレンジしていきましょうということで話はまとまりました。

「そうと決まれば、移植へ向けて頑張るしかない！」

私は自分に言い聞かせました。

決意を胸に4月を過ごし、迎えた5月のゴールデンウィークのときに1週間の

一時退院をいただきました。

その週末は、亀岡市にあるイチゴ農園にイチゴ狩りの体験に行きました。現地に予定の時間より1時間も早く着いてしまいました。天気が良くて気持ちのよい風がゆったりと流れていたので、何かに誘われるように近くを散歩してみることにしました。

すると、畑のなかに一軒の花屋さんがありました。そこは、庭に植える用の花を売っている花屋さんでした。なかに入って見てみると、定番のパンジーやクレマチス、ラベンダー、ペチュニアなどいろいろな種類の花がたくさんありました。

「これ買いたいね」

と妻が言いましたが、我が家は京都市内の小さな家なので、土の庭がまったくありません。

「うん、欲しいけどちょっと難しいね」

それでも、しばらくお店の花をあれこれ見ていると、陶器でできたプランターを見つけました。

「これに花を植えて、駐車場に置いたら大丈夫じゃない」

「そうだね」

そこで、3つのプランターとそこに植える5種類ずつの花のポットを購入して、その花屋さんに花の寄せ植えをつくってもらいました。寄せ植えを自分でつくるのも好きでしたが、移植前の身体だったので、今回はお店の方につくっていただきました。

「すごくきれいだね」

「うん、これで殺風景だった駐車場が華やかになるね」

その後に、イチゴを思いっきり食べて、お土産のイチゴも1パックずついただいて、華やかになる駐車場に思いをはせながら自宅へと帰りました。

6月、いよいよ造血幹細胞移植へ向けた入院が始まりました。今回は、私の白血球の型（HLA）ではドナー登録の数が少ないことはすでにわかっているので、「臍帯血」（赤ちゃんのへその緒に含まれる血液）による移植を行うことになりました。

「臍帯血移植」は、白血球の型が完全に一致していなくても適合する可能性が高いことや、凍結保存しているため移植時期を患者の都合で選べるなどのメリットがありますが、生着までの時間がかかることや特有の副作用があるなどのデメリットもありました。

しかし、現在の私にはこれが唯一の生き残る手段なので何としてでもうまくいってもらわないといけないのです。

前回の造血幹細胞移植と同じように強い抗がん剤による投薬治療が始まりました。3年前の「地固め療法C1」では吐き気や全身のだるさなどの副作用が出ていましたが、今回は身体が慣れてきているせいか、それほどきつい副作用は出てきませんでした。食事もほとんど残すことがなく、すべておいしく食べて過ごしていました。

そんななかで、小さな事件が起きました。

あるとき、昼ごはんの30分くらい前の時間に、この日の担当の看護師さんが慌てた様子で病室に入ってきました。

「何かありましたか?」

「すみません。何かの手違いで今日の昼食が特別食の『きつねうどん』に変更されているんです。私には向井さんから変更の話はなかったので、誰か他の人に変更をお願いしましたか？」

「今日はしてないですね」

「どうしましょう。今からまた元に戻すと1時間くらいかかってしまいますが……」

私はちょっと考えてから答えました。

「今、ちょうど『うどんが食べたいなあ』と思っていたところなんですよ。よかった、うどんを食べますよ」

「なんて、向井さんて優しい人なんですか」

「いや、本当にうどんが好きなので。これは本当ですよ」

ということで、その日は急遽、うどんを食べることになりました。そして、うどんを食べながら、少し考えてみると次のことを思い出しました。

ちょうど1ヵ月前に体調がすぐれなくて、その日は昼食をうどんにしてもらおうとして、「変更できたら変更してください」と頼んだことがありました。ところが、うどんに変更されていなかったので、「あ、やっぱり急なお願いだったので、変更はできなかったんだ」と理解していました。

それが、実は1ヵ月後に変更の予約が入っていたということではないかと思ったのです。「やっぱり、自分で頼んだうどんだった」と納得しました。

「情けは人の為ならず」という言葉があります。これは「情けは人のためだけではなく、いずれ巡り巡って自分にも恩恵が返ってくるのだから、誰にでも親切にしたほうが良い」という意味です。

しかし、2001年の文化庁の調査によると「情けをかけることは、結局その人のためにならない」という意味だと思っている人が半分くらいいたそうです。

私はどんなことに対しても波風立たないようにするような平和主義者ではありませんが、病院のなかで治療を受けている身としては、すべての人が気持ちよくそれぞれの治療に専念できる環境であればいいのになあといつも思っていました。

そんな出来事でした。

さて、6月の後半にはいよいよ「臍帯血移植」へ向けた最終の抗がん剤治療が始まりました。

前回は強い吐き気が出て、1週間近く何も食べられない状態が続きましたが、今回はそれほど強い吐き気や口内炎もなく順調に治療は進んでいきました。

また、3年前は放射線治療を行いませんでしたが、今回は再発後の移植なので放射線治療も実施することになりました。

放射線治療は、残っている白血病細胞を完全に消滅させるためのもので、全身に弱い放射線を照射するものです。

右向きに寝て上からと、左向きに寝て上からの計2回の照射を約1時間で行いました。照射している際も実施後も特にこれといった痛みなどはないのですが、何となく『放射線を照射された』という罪悪感というか、何とも表現しづらい感情が残りました。

そして2018年6月27日、2回目の造血幹細胞移植である「臍帯血移植」が行われました。

今回の移植は、赤ちゃんのへその緒にある血液「臍帯血」による移植なので移植する量が少なく、それをさらに溶媒に薄めて20~30ミリリットルにしたものを注入します。

実際には、アレルギー予防の薬を注入したり、洗浄用の生理食塩水なども注射するのですが、全部合わせても30分くらいの処置でした。

余談ですが、京大病院は医療機関であるとともに教育研究機関でもあるので、医学部の学生さんたち6名が私の移植を見学に来ていました。そこで、私も「しっかり見てくださいね」と、いつもよりは真面目な雰囲気で移植を受けました。

私の身体のなかで、この臍帯血がしっかりと成長して私の血液をつくっていくとともに、この学生さんたちもしっかりとしたお医者さんになって日本の医療を支える人材になってくれればと願いました。

こうして手術は無事終わりました。移植後の1週間は、完全な無菌状態を保つ病室（個室）に入っていましたが、特に大きなＧＶＨＤ反応が起こらず順調に経過しました。

その後、普通の病室（と言っても無菌状態が確保できている個室）に移ると、病室に大判のビニールのシートが貼られました。看護師さんからは、

「これはホワイトボードのように、マーカーで文字を書いたり、黒板消しやティッシュペーパーなどで文字を消すこともできるので、毎日の出来事やこれからの目標などを書いてください」

と言われました。

「何を書いたらよいか思いつかないです」

と私が言うと、

「では、項目だけでも書いておきますね」

と言って、「目標」「今日の予定」「ききたいこと」「リハビリ」と書くべき項目を書いてくれました。

とは言っても、なかなか書くことが思いつかないので、まず退院する日を目標に設定しようと考えました。3年前の移植のときは、移植後約1ヵ月で退院ができたので、「7月27日までに退院する」を目標にしました。

次に、今日の予定は採血やリハビリ・投薬・検査などがあるので、その日ごとの予定を書くことにしました。

「ききたいこと」は、ほとんどその場で医師や看護師さんに聞いているので、わざわざこのボードに書く必要はないなと思いました。そこで、そのときの話題(ちょうどサッカーワールド杯の最中だったので優勝予想や祇園祭・ニュースについて)などを書くことにしました。

ちなみに、最後の「リハビリ」はリハビリの先生に「ここに何か書いてください」とお願いしたところ「しっかりと継続をしていきましょう！」と書いていただきました。

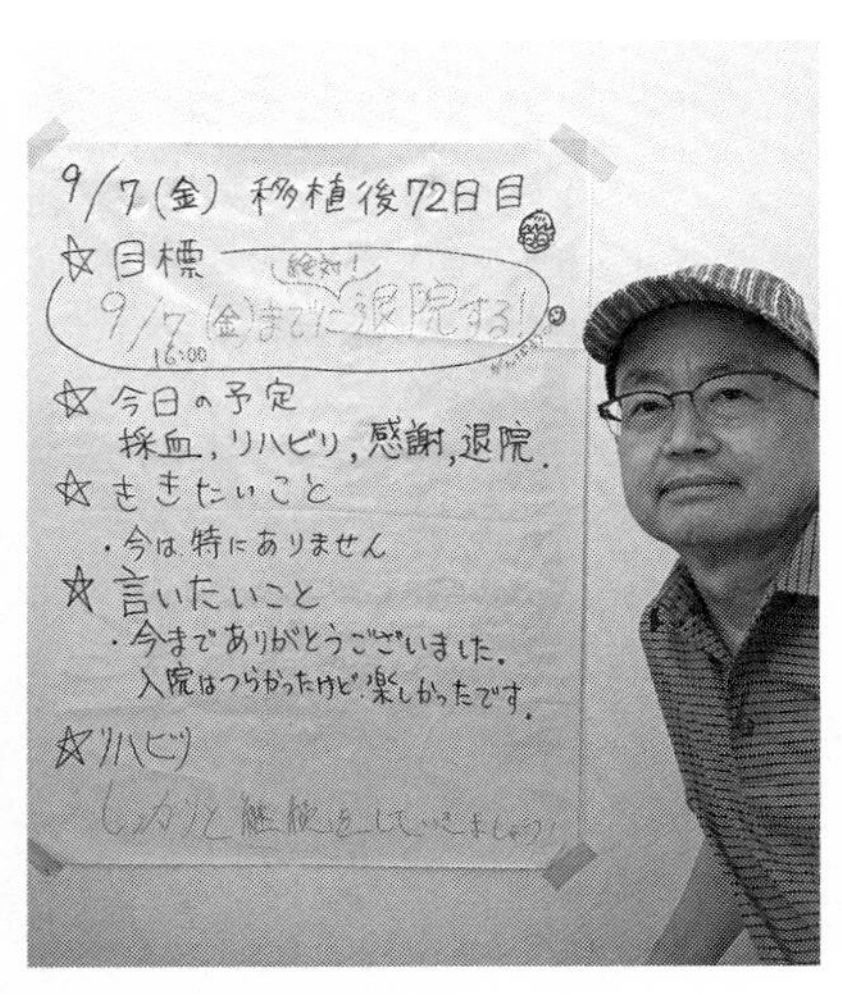

病室に貼られた「ホワイトボード」

7月下旬になると、原因不明の吐き気が続いていて、食事だけでなく薬を飲もうとしても、歯ブラシを口に入れただけでも吐いてしまうという状態でした。

口のなかを調べましたが口内炎などはなく、また熱などもそれほどないので感染症などの病気ではないと考えられました。

いろいろと調べた後に、胃カメラで胃の内部の様子を見てみると、胃の表面にGVHDが発症していることがわかりました。

前にも説明しましたが、GVHDというのは、造血幹細胞の移植によって私の体内でつくられた新しい白血球が、私の身体を敵とみなして攻撃してしまうことです。白血球は、体内に入ってくる細菌などを攻撃して、自分の体を守る働きがあります。

原因がGVHDとわかってからは、ステロイドなどを投与されて、少しずつ吐き気もなくなり、食事や薬を口にすることができるようになりました。また、血液検査の数値も改善が見られて、大部屋（4人部屋）に移ることになりました。

大部屋に移動できるということは退院も近づいているということです。リハビリの内容も徐々にハードになってきて、手足の筋肉も少しずつ元のように戻ってきていました。

ただし、時間だけがどんどん進んでいくようで、ホワイトボードに書いた目標は「7月27日までに退院する」だったのが、「8月10日まで」、「8月24日まで」と段々と延びていきました。

お世話になった看護師の皆さん

ようやく退院することができたのは9月7日でした。

私としては、特に不快な症状は治まっていたので早く退院したいという気持ちでしたが、血液検査の数値がなかなか安定しなかったので、ここまで退院が遅くなってしまいました。

ただ、この年の夏は猛暑で、京都でも連日気温が35℃以上になっていました。また、9月には強い台風（21号）が関西地区に上陸したり、北海道胆振東部地震などが起こったりしていたので、病院で過ごせたことはよかったのかもしれません。

退院の日は、朝から夜勤明けの看護師さんや看護助手さん、主治医の先生と研修医の先生、これまでずっとお世話になった看護師の皆さんにお礼を言って回りました。

いざ退院と思ったら、看護師の皆さんが見送りに来てくれて、エレベーターに乗るまで見送っていただきました。お世話になりました。ありがとうございました。

自宅に帰って最初の夕ご飯は、念願の「すき焼き」でした。

「あーっ、おいしい牛肉は久しぶりだー！」

思わず家で絶叫しました。

その15　原因不明の体調不良
―どうして大晦日に緊急搬送されるの？―

自宅での療養生活が始まりました。

最初の1週間は、ほとんど外部の人とは接触しないような生活をしていて、家のなかでじっとしていました。テレビを見て世間の情報を手に入れたり、リハビリで手足を動かしたり、すぐ疲れてしまうので昼寝をしたり、そして申しわけないので掃除・洗濯や料理などをしていました。

料理は、3年前の移植後の自宅療養のときもしていましたが、「男の手料理」というような名前の料理本を見ながら、少し時間をかけながらもなんとか毎日続けることができました。

毎日の料理をつくっていると気がつくのですが、毎日の献立を考えることがとても難しいし時間がかかることなので、何か献立を早く見つける方法はないかと考えました。

そして、「曜日によって料理の種類を決めよう」と思いつきました。月曜日は、検査などで病院に行くことが多いので、カレーやシチューなどの簡単な料理。火曜日は、魚や煮物などの日本料理。水曜日は、パスタやピザなどのイタリアン。木曜日は、麻婆茄子や回鍋肉などの中華料理。金曜日は、焼き肉や豚の生姜焼きなどの肉料理。土曜日・日曜日は、外食したり、何か特別なものを考えたりする日としました。

基本的にはこの枠のなかで考えるので、献立を考えるのがとても楽になり、スーパーでアサリなどを見ても「今日は日本料理の日だから『酒蒸し』にしよう」とか「今日は水曜日だから『アサリのパスタ』にしよう」とか、すぐに献立を思い浮かべられるようになりました。

10月ごろになると、主治医の先生から、

「空いている時間帯であれば、電車などの公共交通機関に乗ってもいいですよ」

と言われていたので、10月中旬には北海道に行って来ました。ニセコの周りをドライブしたり、温泉に入ったりして、のんびりと過ごしました。

北海道の田畑の米や麦は黄金色に色付いて、すっかり秋の景色になっていましたが、ヒマワリの花が咲いていていてビックリしました。

北海道には最近になってヒマワリ畑が多く見られるようになりましたが、それはサンフラワーオイルとしての油を採るためだそうです。葉や茎は、家畜の飼料になったり、ほかの作物の肥料にもなったりするそうです。

背丈が低く、ミニヒマワリだから秋にも咲くのかもしれませんが、いくつかの場所で咲いていたので、秋に咲く品種を選んで植えているのだと思いました。

旅行で一息付いたあとは、10月から11月にかけて自宅付近で、リハビリの一環として自転車（ロードバイク）に乗っていました。週に1、2回約20キロメートルのサイクリングをします。

なるべく空気がきれいなところを走りたいので、自宅から嵐山、嵐山から桂川沿いに久世橋、久世橋から自宅へ戻るコースを基本コースとして、東寺や鈴虫寺、西京極総合運動公園などそのときに行ってみたいと思った場所を加えてサイクリングコースを決定しました。

紅葉にはまだ早い時期ですが、天気が良い日は風も清々しくてとてもいい気分になれます。走ることは身体にとっても筋力回復につながりますが、気持ちのうえでも前向きになれるので楽しみながらトレーニングを続けることができました。11月中旬には、私の父親の卒寿（90歳）のお祝いで、東京の実家に帰ってきました。私の父親はこの年でも足腰が丈夫で、週に二度くらい往復で10キロメートルくらい離れた公園に歩いて行っているとのことでした。

それでも、耳が聞こえにくくなったり、記憶力が低下したりしているので、一人であまり遠くへ出歩くことは、万が一のことを考えると心配になります。本人は「まだまだ大丈夫」と言っていますが、そろそろいろいろと面倒を見てくれる施設に入ることも考えなくてはいけないねと話をしてきました。

11月の後半になると、京都にも少しずつ紅葉の便りが聞こえてきます。京都では、紅葉が北側にある鞍馬山や貴船の付近から徐々に南に下がってきて、東山の銀閣寺・南禅寺・清水寺あたりへ、そして宇治の平等院とか石清水八幡宮へと移っていきます。

この季節は、サイクリングも紅葉の名所の近くを回るようにしますが、交通量が半端なく多くなってくるので、なるべく午前中に回るようにしました。

秋の紅葉の季節になると、「やっぱり京都に住んで良かったなあ」と思いますが、

12月になると、京都も一段と寒くなってきます。

そして、季節の変わり目なのか、体調がすぐれないときが何日か続きました。熱はそれほどないのに、咳が出たり、気分が悪くなって嘔吐したりすることがあったので、病院に行くと「入院して様子を見てみましょう」ということで1週間入院することになりました。

入院すると規則正しい生活のなかで体の様子も改善してきましたが、体調不良の原因を調べるためにいろいろと検査を受けました。しかし、咳や嘔吐の原因は発見されずに1週間が過ぎてしまいました。

結局、退院して家に戻ることになりましたが、それでも不快な気分は好転することがなかったので、年末に予定していた妻の両親との台湾旅行をキャンセルすることにしました。

この台湾旅行は、妻の両親が今年で金婚式（結婚50周年）を迎えるので、そのことと私の二度目の移植が順調に経過したことのお祝いの旅行となる予定でした。しかし、私のこの状態では何が起こるかわからないということで、「旅行はいつでも行けるだろう」という判断のもとで出発の2週間前にキャンセルすることにしました。

その後しばらくは、気分が不快ながらも安定した日々が続いていたのですが、12月30日の夜に突然38℃の発熱と嘔吐が発症しました。

妻は、

「病院に行ったほうがいい」

と言ったのですが、私は、

「どうせ何も見つからないし、年末だからずっと寝ていればなんとか治るよ」

と言って聞きませんでした。

ところが、次の日になるともっと体調は悪化しました。熱も39℃近くなり、頭痛も出てきて、朝早くから嘔吐の繰り返し。自分でも「これはダメだ」と思い、病院に行くからタクシーを呼んでほしいと妻に頼みました。

その日、大晦日は、朝から冷たい小雨が降っていました。タクシーが京大病院に到着して、車から降りても私が歩けないので、妻が病院の車いすを貸してもらいに行ってくれていた間、雨が身体にかかってとても寒かったですが、動けずにじっと待っていました。

病室に入ると看護師さんがバイタルチェックと血液検査をしてくれて、痛み止めと解熱薬を飲んで、少し落ち着きました。

夕方に主治医の先生が病室まで来てくれて「どうしました?」と聞いてくれました。

私は年末の最終日まで働いているのかと感心しましたが、あとで聞くとこの日がちょうど宿直の担当だったそうです。

それにしても、医師の方も看護師さんも年末年始にもかかわらず、ちゃんといつものように対応していただいて有難いことだと思いました。

ということで、２０１９年の元旦は京大病院の病室で迎えることになりました。

気分の不快はほとんど収まったのですが、発熱や頭痛、嘔吐の原因を調べようということで、いろいろな検査を受けました。それでも、これが原因だというものは見つからず、脳髄液にウイルスが感染したのではないかということになり、あのとても痛い髄液注射を受けました。

このときの入院生活は、もう慣れているせいかとても快適に過ごしました。病室で簡単なおせち料理を食べたり、書初めをしたり、七草がゆを食べたりしました。

書初めは、前回と同じように「今年の漢字」の一文字を書くことにしました。2019年の自分が選ぶ「今年の漢字」は「啓」（けい・ひらく）でした。

この漢字を選んだのは、今年は年号が変わる年であり、ラグビーワールドカップが日本で開催されるなど、今までにない大きなチャレンジや考え方の転換が必要になる時代だと思われるので、「次の時代を啓く」という意味で「啓」の文字に決めました。

髄液注射から1週間して、ウイルス検査の結果が出ましたが、結果はシロ（何もない）でした。結局は年末の激しい不快な現象の根本原因はわからずに、GVHDの一種であろうという結論になりました。

その後、体調も回復。体力もリハビリのおかげで元に戻ったので、1月の中旬に退院することになりました。退院した日は、昨年末にやり残していた「年越しそば」を食べることにしました。

「やっぱり、シャバのご飯はおいしいなあ」

第4章　それでも人生は続いていく

その16　二度目の職場復帰

― 温かい目で見守られて働かせてもらっている ―

２０１９年は再び大きな転機が訪れました。2月中旬から、京都の二条駅の近くにある職場に少しずつ通うようになったのです。

しかし、残念ながらこれは、正式な職場復帰ではありません。1年以上も休職していたために「慣らし運転」のように通勤やデスクワークに慣れるため週に3日だけの通勤です。

また、本来なら長岡京にある職場に戻るところですが、通勤の距離や免疫力が弱いことから多くの人がいる場所はあまりよくないということで、こちらにしてもらいました。

2週間の慣らし運転では何も問題なかったので、いよいよ職場復帰しようと思ったのですが、職場の産業医の面談が終わるまで正式な職場復帰にはならないとの話でした。

そこで、産業医の面談予約を取ったのですが、面談は2週間先になり、結局正式な職場復帰は次の年度の4月からとなりました。私がもう少し段取りを理解していたら、復帰を早めることはできたかもしれません。でも、これも私がスムーズに職場復帰できるように必要な手続きなんだと理解して、しっかりと準備を進めることにしました。

ところで、私は2019年の3月末をもって、定年退職することになりました。もちろん継続雇用制度があるため、65歳までは働くことができるのですが、60歳の年度末が一応の区切りとなります。

また、2019年度末は私立学校に働き始めて35年の区切りでもあるため、日本私学協会から永年勤続の表彰状をいただくことになりました。授賞式には出られなかったので、賞状は郵送で届きましたが、この賞状を見ながら「35年の教員人生はいろいろあったな」と思い出されました。

大学を卒業してから2年間は非常勤教員として働きながら大学で研究を続けていましたが、1984年に東京の私立中高一貫校に就職してからは、理科の教員として実験を中心としながら生徒に考えさせる授業を目指していろいろと工夫してきました。

1998年に北海道の中高一貫校に転職してからは、情報教育や高大連携教育など、それまでに経験したことのない新しい取り組みにチャレンジしてきました。

そして、2014年から京都に異動になり、大学附属校や提携している学校との連携業務に携わってきました。そのなかでいろいろな方々に出会うことができ、新しい関西での生活も楽しく過ごしていくことができました。

しかし、2015年の夏に白血病を発症してしまい、今までの生活が一変しました。

白血病を発症するまでの57年間はほとんど大きな病気や怪我もなく、自分のやりたいことややるべきことに全力を傾けて走り続けてきたような人生でしたが、発症してからはやりたいことはほとんどできず、移動するにも人の手を借りなければならないようなことも体験しました。

それでも、多くの人に助けられ、多くの人の励ましによって頑張ることができることを知ったのは、ともすれば「頑張るのは自分だけ」と独りよがりになりがちな私を大きく変えてくれたのかもしれません。

35年間の教員人生をずっと続けて来られたのは、先輩教員の指導や同僚の先生方、教え子になってくれた生徒たちと保護者の方々と、多くの人たちと真剣にしかも楽しく話し合いながら取り組んできたからではないかと思っています。

そのすべての方々へのお礼を込めて、Facebookでは次のようにメッセージを送りました。

「たくさんの生徒といろいろなことにチャレンジして、とても楽しく働くことができました。そのそれぞれの場面でたくさんの出会いがあり、いろいろサポートしてもらいました。皆さん、本当にありがとうございました」

そして、4月からは継続雇用教諭として再雇用していただくことになりました。まだまだ働きますよ〜。

以上のように、いったん区切りをつけることになったので、3月末から沖縄の久米島に行くことになりました。

元同僚と「沖縄旅行」

東京にいたころの元同僚が私の定年退職のお祝いを久米島で行ってくれるということで、年度末の仕事を終えてから東京と大阪からそれぞれ飛行機に乗って、現地で落ち合うというものでした。

ところが、私以外の3名は東京からの飛行機の乗り継ぎが間に合わずに、那覇市で一泊することになってしまったのです。予定通り久米島に着いたのは私一人だったので、借りる予定だったレンタカーに一人で乗って、翌日のための観光スポットを一回りして久米島のホテルで寝ることにしました。

翌朝の便で東京からの3名も久米島に到着したので、パインジュースを飲んだり、沖縄そばを食べたり、サーターアンダギーのお土産を買ったりして楽しく過ごしました。

夜は夕ご飯を食べながらまだ若かったころの思い出や、これからの学校の進む方向などについて話したり飲んだり笑ったりしていました。

2泊3日の小旅行でしたが、昔の友人と過ごした大切な時間となりました。にーふぇーでーびたん（ありがとうございました）。

そして、4月の第1週目の週末は、私の61歳の誕生日と継続雇用での再出発を記念して、妻と神戸と淡路島に行ってきました。

私と妻が一緒に生活するようになってから19年ですから、私の人生のほぼ3分の1は妻とともに歩んできたことになります。

特に病気になってからの4年間は、本当にいろいろなことをしてくれました。入院時には自分の仕事があるにもかかわらず、毎日欠かさずお見舞いに病院まで来てくれて、自宅療養で外出できないときには買い物から家事まですべてしてくれて、何よりも私の話をニコニコ笑いながら楽しそうに聞いてくれて、本当に私に「頑張る力」をくれました。「妻のために頑張らなきゃ」と思わせてくれる存在でした。

そのため、外出の口実は「定年退職祝い」ですが、私はこれまでの感謝の意味を込めてこの小旅行を計画しました。

神戸では、生田川の桜を見て久しぶりのお花見をして、私と妻のお気に入りのハチミツ紅茶やクッキーを買って、夜にはおいしいワインを飲みながら神戸ビーフのおいしい料理をいただきました。

その日の夜、ネットで桜の名所を調べてみると、淡路島の洲本城の桜がちょうど見頃であることがわかったので、翌日は車で淡路島に行くことにしました。

洲本城は山の頂上に建っている山城で、何段もの階段を上らなければならないので、体力が万全ではない私はゆっくり桜を見たり写真を撮ったりしながら登っていきました。

城と桜の組み合わせもとても綺麗でしたが、てっぺんの天守閣からの眺めも素晴らしいものでした。

その後、淡路島の北側にある岩屋というところにあるお寿司屋さんでお寿司を食べました。淡路島近海のネタが中心でしたが、そのなかでももっとも妻が喜んだのはタコでした。

妻はもともとタコが好きでしたが、「やっぱり明石のタコはおいしいねぇ」と満面の笑みでほおばっていたので、

「来年も一緒に来ようね」

と年に一度のご褒美を約束しました。

〝年に一度〟がいくつもあるけどね。

桜と旅行の話で言えば、この年のゴールデンウィークの後半に北海道のニセコに行って来ました。毎年、この時期にニセコに行くことが多いのですが、今回は函館まで足を延ばして五稜郭公園の桜を見てきました。

五稜郭の桜がちょうど満開で、天気も良くて、空の青さと五稜郭タワーと桜の写真がまるで絵葉書のようにきれいなものでした。

昼食は函館港にある「きくよ食堂」の三色丼（ウニ・カニ・イクラ）を食べま

した。このきくよ食堂の三色丼は、私が北海道に転職が決まって引っ越しをする際に、東京の元同僚と一緒に家財道具を4トントラックのレンタカーに載せて、青函連絡フェリーを使って最初に北海道に入ったときに食べた記念の食べ物であり、その後も函館に旅行するたびに食べていた思い出の食べ物でした。

私が北海道に来てから20年も経つのだなという思いと、またこの三色丼を食べることができたという達成感と、これからもまだまだこの記念の三色丼を食べに来るぞという新たな目標など、いろいろな考えがよぎりながらおいしくいただきました。

その17　白血病との付き合い方
―いつになっても安心してはいられません―

4月からの二度目の職場復帰を果たした後、私は仕事にも遊びにも第二の人生を楽しむように努めています。

5月末には、2020年の東京オリンピックのチケット申込みをネット上で完了しました。申し込んだのは、開会式と閉会式、サッカーと野球の決勝戦、陸上4×100メートルリレー決勝戦、テニス女子決勝戦などでした。

東京オリンピックと言えば、1964年の東京オリンピックのときに私は6歳だったので、生で観戦はしていないのですがテレビで観戦していました。重量挙げの三宅義信選手が金メダルを獲得したのを見て、

「僕も将来は重量挙げの選手になる！」

と言ったということを母から聞きました。

スポーツには、子どもたちに夢を示してくれる力があります。本当に将来重量

挙げの競技に進む子どもは少ないかもしれないけれど、「ああなりたい」「こうしたい」と思えることはとても大切なことだと思います。

また、どの分野でもトップレベルになるためにはそれ相当の努力をしているのであり、「あんなに立派に活躍するには、とてもすごい努力をしなくてはならない」とスポーツはそれをわかりやすく子どもたちに教えてくれるものだと考えます。

私はスポーツを自分でするのも応援するのも好きですが、現在はそんなに一生懸命頑張れる体力はないので、もっぱら応援のほうで頑張ろうと思っていました。

そこで、2020年の東京オリンピックのチケットを申込んだのですが、人気の競技ばかり申込んだので一つか二つ当たればいいほうかなと思っていました。

しかし、全部当たったら合計で52万円になります。当たってほしいという思いと、すべて当たったらお金が大変だという思いで複雑な気持ちになりましたが、運を天に任せてチケットの申し込みを済ませました。

オリンピックと言えば、2月12日に競泳女子の池江璃花子さんがSNSでご自身の白血病を公表されました。

急性か慢性か、またどの種類の白血病であるかは公表されていませんが、東京オリンピックの1年半前に、この病気を発症するなんてとても気の毒でなりませんでした。

私が入院していた病棟でも、10代や20代の患者が数人だけ入院されていましたが、いろいろなことをやりたくてしかもできるこの時期にこんな病気になるなんて、本当に気の毒だなあと思っていました（その後、白血病の種類は公表されました）。

もちろん、50代後半で発病した私でもやりたいことはいっぱいあったのですけど……。

白血病は年齢には関係なく、小児から高齢者まで同じ確率で発症する病気だと言われています。しかし、小児から青年期まではほかのがんが発症しにくいので、小児から青年期において発症するがんのなかでは最も発生頻度が高いのが白血病だとも言われています。

また、現在では若い方の白血病は高齢者のものよりは治りが早いということも聞きました。ぜひ、これから何十年も未来がある人たちには、いろいろな治療法が適合して早く良くなることを期待しています。

2019年も早くも折り返しとなる6月を迎えました。6月中旬には、京都の四条河原町の近くにあるギャラリー「にしかわ」に行ってきました。

このギャラリーでは、6月11日から23日まで、漆（うるし）の器や板絵などの三人展をやっていました。そこに、東京の学校のときの卒業生が作品を展示していたのでそれを観に行くことにしたのです。

この卒業生は、私が東京の私立中高一貫校で初めて担任したクラスの生徒でした。そのころから絵が上手かった記憶があるのですが、現在は木と漆で器やアクセサリーなどをつくっていて、ときどき個展を開いているとのことでした。

東京に住むこの卒業生とは、私が北海道や京都と遠く離れていたので年賀状をやり取りするだけの状態でしたが、今回は京都で個展を開くということだったので、ぜひ何年ぶりかで会えると思ったのですが、卒業生が京都に来る日程と私の予定とが微妙に合わなかったので、残念ながら今回は会うことはできませんでした。

このギャラリーで見た漆器やアクセサリーなどは、とても綺麗でしかも実際に使えるようなデザインになっていました。展示されていた作品は購入することもできるのですが、日本の漆１００％でできているので少々お値段が高めで、一番気に入った大きな皿ではなくてお箸を二膳買って帰りました。

実際に顔は合わせませんでしたが、教え子との交流で心をほっこりさせながら、6月末に京大病院へ定期検診に行ってきました。

このころの定期検診は血液検査が中心で、血液中のそれぞれの血球の量や感染症にかかっていないか、薬剤による身体への影響は出ていないかなどを調べています。

そして、ＢＣＲ - ＡＢＬ検査という白血病細胞が発生していないかどうかの検査を月に1回受けていました。

今回の血液検査では特に異常はなくて、前回のＢＣＲ - ＡＢＬ検査でも白血病細胞の存在は確認できませんでした。これで移植からの1年間を無事に過ごすことができました。これも皆さんのおかげです。ありがとうございました。

ただ、検査結果は良かったのですが、先週末に行われた東京オリンピック・チケットの抽選の結果は「すべて落選」でした。7種類も申し込んだのに、一つも当たらないなんてどうなっているんだ!!

こうなったら、オリンピック・チケットに払う予定だったお金で4Kテレビでも買って、テレビ観戦するしかないかなぁと思ってしまいましたが、その運を白血病の治療に使ったのだと思えば、まあ許せるかなあと考えることにしました。

7月末、私が所属している大学附属校の一つの学校が、高校野球の京都府大会の決勝戦に出場したので、応援のため西京極わかさスタジアムに行ってきました。わかさスタジアムに入って内野スタンドに行くと、北海道の学校で同僚だった先生と会ったので一緒に応援することにしました。

初回と2回に1点ずつを取られて、こちらの攻撃ではなかなか点が入らず、7回裏まで0対2で負けていました。しかし、7回ごろから相手投手に疲れが見え始めて、ついに8回裏に2点を取って同点になりました。

9回表も無事に抑えると、その裏の攻撃では押せ押せムードになり、応援にも熱が入りました。すると、選手たちも熱心な応援の声援にこたえて、9回裏に1点を取ってサヨナラ勝ちしました。これで、夏の甲子園出場決定です。おめでとうございます！

ほかの附属校の野球部の皆さんも、ほかのクラブの皆さんも頑張ってほしいと思いました。

そんな附属の兄弟校が大舞台で熱戦を繰り広げる8月ですが、私は初旬から2週間を使って北海道のニセコに行ってきました。

今回はわりと長期の旅行だったので、レンタカーを借りるのではなく、フェリーに乗って自家用車とともに北海道へ渡りました。

北海道は天気も良くて、日中は35℃近くまで気温が上昇することはありましたが、朝夕は気温も下がりとても過ごしやすかったです。

京都では、陽射しや湿度から日中は外に出ることはほとんどできなかったですし、夜もエアコンをつけっぱなしにしている状態だったので、「やっぱり夏の北海道はいいなあ」と思いました。

そんな猛暑の京都市内からニセコに避難したので、高原に上っておいしい空気ときれいな景色を堪能したり、温泉につかって疲れをほぐしたり、おいしいチーズやワインを探して回ったりと、日ごろの生活では味わえない気の向くままの時

ニセコで 10 年ぶりのゴルフ

間が流れていました。

ニセコにいた期間中の3日間だけ、妻の両親が遊びに来ました。そして、お義父さんとゴルフを2ラウンドプレイしました。

私は10年ぶりくらいのゴルフで、もちろん白血病を発病してから初めてのラウンドとなりました。

最初はボールが当たるかどうかも心配でしたが、それほど大きくスコアを崩すこともなく、なんとか１２０前後で終えることができました。

実は、ゴルフは入院していたときに「退院したらこれをやりたい」と思っていた夢の一つでした。これで夢をさらに達成したことになります。

ただ、さすがに発病する前と後では、ゴルフで最初に打つときのドライバーの飛距離は2割くらい飛ばなくなるし、ゴルフコースを歩く速さや疲れる速さも全然違いますが、それを受け入れて人に迷惑をかけない程度にゆっくりプレイしたら十分に楽しむことができました。

できないことを悔やむのではなくて、できないことを受け入れて、そのうえで今できることに喜びながら、技術の工夫や向上を少しずつでも努力することに楽しみを見つけていくことが大切ですね。

この北海道のゴルフでも感じたように、一度白血病を発病すると（私の場合は二度ですが）、人によっても違うと思いますが、体力は以前の6割から8割くらいまで低下するし、風邪などの感染症にかかりやすくなるし、健常な人が食べたら何も起こらないものでも食あたりを起こすことがあります。

これは、造血幹細胞移植を受ける際に以前の血球をすべて殺すことで、それまでに持っていた免疫力がほぼすべてなくなってしまうので、いわば生まれたばかりの赤ちゃんのように免疫のない状態で、ちょっとした雑菌で風邪の症状や食あたりを起こすようになってしまうのです。

そこで、一見普通の生活をしているように見えても、実は身体のなかに雑菌が入らないように気を付けたり、あまり過度な疲労状態にならないように気を配ったりして生活しています。

私の場合は次のような決まりごとを決めていました。
・賞味期限を過ぎたものは絶対に食べない
・オープンな環境で売られている生ものは買わない
(例えば、魚屋さんの魚とかパン屋さんのパンとかです)
・暴飲暴食はしない
(ビールはジョッキ3杯まで)
・公共交通機関では、手すりやつり革にはなるべく触らない
・人混みが多いところにはいかない
(どうしても行くときはマスクをします)
・家に帰ったり、食事の前には必ず手を洗う
これらは、いわゆる綺麗好きの人であればすでにしていることですが、ズボラな私はこんなことはしたことがなかったので、人生の大転換というか「コペルニ

クス的転回」と言えるものでした。

ただし、これはあくまでも「決まりごと」なので、完全に守られているわけではありません。お酒を飲みすぎて「しまった〜、次からは注意しよう！」と反省することも何回かありました。

闘病記コラム⑧　闘病で気をつけたこと

私がここまで順調に闘病を続けられた原因を考えてみると、次の3つのポイントがあるのではないかと思っています。

①決められたこと・正しいことを実行する

ご飯を食べるとか、薬をきちんと飲むとか、リハビリ（体力維持）をするとか、どれも当たり前のことですがなかなかできないときがあります。

私は、くじけそうになるときに「自分が生きるため」「妻の笑顔を見たいから」と思って頑張るようにしていました。

さらに、医師から言われたことをただそのまま実行していたわけではなく、自分で納得することを大切にしました。自分でもネットなどで調べて、何が科学的に正しいかを考えて最善の道を選ぶようにしました。

②ストレスを溜めない、ポジティブに考える

なるべくストレスを溜めないように努力しました。これは私の性格によるところが大きいですが、いやなことは忘れたほうが良いと思っています。そこで、ストレスは最長でも1日寝れば忘れることにしています。

また、いつでも何か面白いことを見つけるように努力しています。記念日やイベントごとには積極的に参加しています。さらに、例えばデジタル時計が5時55分55秒を表示したのを見つけたら、

「やった！　GOGOGO！」

と叫びます。

③助けてもらいたいときには我慢しない

ただし、長い治療の中でいつも能天気でいられるわけではありません。本当に気分が落ちこんだり、体調が悪い時には妻なり看護師さんに助けを求めます。普段は元気にしているから、そういう時にはすごく優しくしてもらえるので、もう少し甘えようかなと考えたりします（でも、そこは我慢です）。

そして、本当に助けてもらいたいときに助けてもらうために、普段は自分から人を助けるように努力します。自宅にいるときはできるだけ自分が家事（掃除・洗濯・炊事・買い物・送り迎えなど）をします。

街で困っている人を見かけたら、なるべく声をかけて何か手助けができないかを聞きます（もしかしたらこの人は献血をしてくれた人かもしれません）。

その18　人は支えられて生きている

―人間は一人では生きられません―

この年の8月末に、京都の三条商店街の「ロマンポップ」という焼肉屋に行ってきました。ここは、2年前の職場で一緒に働いていた元同僚が自分で開いたお店です。

その人は、私が二度目の発病をしたときに同じ学年の理科の授業を担当していたので、2017年10月に入院することになったときに、私のクラスの授業を代わりに担当していただいて、テストの手配から成績付けまで大変お世話になった先生でした。

私が職場復帰したときに、なんとかお礼を言おうと思っていたのですが、職場を退職してしまいました。その後もいろいろ聞き回り、お店を開業したということまでわかったのですが、場所がわからないままで連絡ができずにいました。

そうしているうちに、7月に別の元同僚のFacebookに載っていた写真にこの人とお店が写っていたので、そこで場所を聞くことができて、やっと今回直接会っお店で焼き肉を食べましたが、仕入れから焼き方までこだわっているということで、とてもおいしくいただきました。ちなみに、お店の名前「ロマンポップ」というのはこの人が所属していた劇団の名前だそうです。劇団をやっていたなんて知りませんでした！

こうした人のつながりがいくつもあります。9月末に、福井県小浜市にある鯉川海水浴場の防波堤で海釣りをしてきました。そのメンバーは、京都の東山にある「あゆや」という居酒屋に集まる常連客の皆さんです。

7月の初めころに、誰かが「海で釣りがしたいね～」と言って、常連客の皆さんが「いいね～、行こう、行こう！」という話になり、「だったらバーベキューもしよう！」と段々と話が大きくなって、この旅行です。

朝6時ごろから釣りを開始して、午後3時ごろに釣りを終了しましたが、今回の釣果はあまりすぐれずに、小アジが全体で5匹くらいしか釣れませんでした。

その後、バーベキューの後片付けを済まして帰ることになりましたが、「せっかくだから、お魚を少し食べて帰ろうよ」と誰かが言って、皆ですぐ近くにある魚料理のお店「魚料理うおいち」に寄って、お刺身や釣れるはずだったアジのフライなどを食べることになりました。

このお店は、地元の漁師さんが経営しているお店で、出てきたお刺身の魚は小浜の近海でとれたものばかりで新鮮でとてもおいしかったです。

今回は、あまり釣れませんでしたが、バーベキューもおいしかったですし、東山の居酒屋常連客の皆さんとも楽しく1日を過ごすことができました。

ちなみに、私は釣り班の班長という役割を任命されたので、1ヵ月前に下見までしてアジが釣れることを確認したのです。それなのに、結果的には大外れだったので、次に同じようなイベントがあるときにはリベンジしたいと思いました。

10月にも旧友を訪ねる旅がありました。中旬の3連休に、広島県庄原市に行ってき、北海道の学校に勤めていたころの元同僚のお店「Ｔａｙｕｔａｙａ」（カフェ）の応援をすることになったのです。

実は私は、この店のＧＭ（ゼネラルマネージャー）を勝手に名乗っています。店が開店してからほとんどお客さんが来ていない状態だったので、お客さんが多く来るにはどうしたらよいかと考えていました。

7月に訪問したときには、新しいメニュー「ホットサンド」を売り出すことと、Google Mapにお店の写真やホットサンドの写真を載せたり、Facebookで毎月の営業日をカレンダーで表示したりと、いろいろな改革をしたのですが、それでも1日に1、2名のお客さんが来るだけという状態が続いていました。

カフェの看板を作りました

そこで、今回、お客さんを呼ぶための作戦を二つ考えました。

一つは「看板をつくる」です。この店は手前に駐車場があり、車で通ってもわかりづらくてお客さんが通り過ぎてしまうと思っていました。実際、7月からの2ヵ月間でGoogle Mapのアクセス数（見てくれた人の数）は2000人を超えているのに、お店にはお客さんが来ていませんでした。興味は持ってもらえているのに、なかなかお店に入ってもらえていない原因はそこにあると考えたのです。

もう一つは「新しいメニューをつくる」です。カフェといっても、たくさんあるなかでこの店を選んでもらうには、何か魅力的なメニューが必要だと考えました。

このお店は、若い世代の女性がターゲットであると考えられるので、若い女性が好みそうなインスタ映えも考慮に入れたメニューを探していました。

そのメニューとは、私が9月に考えた「三種のチーズとドライフルーツのピザ」でした。ほかのお店でほとんど出していないし、見栄えも良いし、軽いランチにもなるし、3時のオヤツとしてシェアしてもよい、カフェのメニューにうってつけであると思いました。

看板と新メニューは、オーナーの店長に気にも入ってもらえたので、どちらも使ってもらえることになりました。これで、多くのお客さんがお店に来てもらえることを願っています。

9月末の海釣りも、10月半ばの看板づくりも、「向井さん、本当にありがとう」

と感謝されるけど、お礼を言いたいのは私のほうです。

白血病という非常に珍しく完治が難しい病気になると、たいていの人は気の毒そうな顔をして、どんな言葉をかけていいかわからないので、あまり近寄ってくれなくなります。かくいう私もそういうことを過去にしていた記憶があるので、そのように感じてしまうのかもしれません。

しかし、幸いにも私の元同僚や友人や教え子は、そんなことはあまり気にせず、以前と同じように接してもらえています。だから、私もできることは精一杯その人たちのためになるようにと頑張っていけるし、そのことでお礼を言われることで「自分でもまだやれることがある」と再確認できて、さらにこの健康状態を維持するように頑張ろうと気力が湧いてくるのでした。

闘病記コラム⑨　献血はわりと簡単にできる助け合い

この前、街を歩いていたら「献血」を日本赤十字社の方が呼び掛けていました。私もＩＣＵでの治療のときには大量の輸血を必要としていましたし、普段の白血病治療でも何回も輸血をしていただきました。そういう意味では、今の私は献血をしていただいた方のおかげで今まで生き延びてきているのだと言えると思います。本当にありがとうございました。

私も若いころには、運転免許の更新のときなどに気がついたら献血をしていましたが、合計でも5回くらいなので、自分が提供した量より提供していただいた量の方が何倍も上回っています。

献血は、16歳以上で69歳までの一定の基準を満たしている方であれば協力することが可能です。ぜひ協力できる方は、協力していただけたらと思います。いつ自分が必要になるかわかりません。自分がこのような立場になったときに、「もっと多くの協力をしていたら良かったなあ」と思うことがないように、今元気なうちに協力できる方にはお願いしたいです。

特に10代から30代の方の献血が減少傾向にあるようなので、ぜひご協力をお願いいたします。

その19　どうして私は白血病になったのか

― すべての現象には原因がある ―

２０１９年10月20日、東京スタジアムでラグビーワールドカップ日本大会の準々決勝が行われました。この試合で、日本代表は南アフリカに3対26で敗れてベスト4を逃しましたが、アジアラグビー史上初のベスト8となりました。

私は、高校2年生のときにクラスの友人から「早稲田大学と明治大学のラグビーの試合を見にいこう」と誘われました。それまでラグビーの試合をまともに見た記憶はなかったのですが、「面白そうだな」と思って、一緒に当時の国立競技場に応援に行きました。

それから、少しずつ大学ラグビーや社会人ラグビーをテレビで観戦するようになりました。でも、そのころの私は、「日本ではこんなに頑張っていても世界に比べたら、ぜんぜん歯が立たないだろうな」と思っていました。

その思いを覆したのは２０１５年のW杯での南アフリカ戦でした。当時世界ランク15位の日本は、同3位の南アフリカには「絶対に勝てないだろう」と思われていました。

この試合で、日本代表は前半を10対12の接戦で折り返し、一時は同点まで追いついたものの、後半も残り9分で29対32とリードを奪われてしまいました。しかし、終了1分前に敵陣深くで相手のペナルティーがあり、PGで同点を狙えるところでしたがスクラムを選択して、ボールを回して左隅にトライ！　34対32で劇的な逆転勝利を手にしました。

「ラグビー史上、いや、スポーツ史上最大の番狂わせ」や「ブライトンの奇跡」という言葉が、翌日のメディアには大きく流れていました。しかし、この試合に出場していた五郎丸選手は「ラグビーに奇跡はない。この勝利は必然」と言っていたのが印象的でした。

そして2019年W杯では、日本代表はまたしても世界ランク2位のアイルランドに対して19対12で勝利しました。しかし、このときのメディアは「奇跡」という言葉より「必然」という言葉を多く使っていました。「あれだけの苦しい練習を続けてきているので勝てると思っていた」、「相手を徹底的に研究し尽くして作戦を立てたので勝利は必然だ」といった選手たちの言葉にもそれは表れていました。

ラグビーに限らず、どんなスポーツにも、どんな現象にも奇跡はなくて、それが起こるには必ず原因があって、その原因からある決まった法則にのっとって結果は得られるのだと私も信じています。私は学校で理科を教えていましたが、自然科学はそれを信じることで成り立っています。

しかし、その原因がすぐにわからないときや見つからないときに、人は「奇跡が起こった」とか「神風が吹いた」と表現します。だから、4年前に日本代表が南アフリカを破ったときも、この年にアイルランドを破ったときも、原因がわからない人には「奇跡」であり、原因がわかっている人には「必然」になるのだと思います。

さて、私の病気についてはどうでしょうか。

最初にも書きましたが、白血病の原因はまだ完全には解明されていません。ウイルスや喫煙、有機溶媒（ベンゼンやトルエンなど）の頻繁な接触、老化、放射線の大量被爆などが原因ではないかと考えられていますが、決定的な因果関係は見つかっていないようです。

原因がわからないということは、「奇跡」か「運が悪かった」と言うことになるでしょうか。もしくは、「日ごろの行いが悪いから」または「生まれたときから運命で決まっていた」のでしょうか。

私は、どれも正解ではなくて、

「何か原因はあるのだけれど人間の今の知識では見つけられない」

のだと考えています。言葉を変えて言うなら、

「大気圏外から飛んできた宇宙線が、私の造血幹細胞の特定の遺伝子に当たって、遺伝子の組み換えが起こりがん化してしまった」

のではないかということです。

「宇宙線」とは宇宙から地球に飛んでくる放射線のことですが、この「宇宙線」というところは、「ウイルス」かもしれないですし、「たばこの煙」かもしれません。とにかく、原因はあるのだけれど「それが何だかわからない」のです。

しかし、それを納得することが大切です。

私も含めてですが、原因がわからないことで自分の身に不幸が訪れると、「どうして私だけ」とか「人生は理不尽だ」と思ってしまいます。

そんなときは、結果から原因を考えてみたらよいと思います。

例えば、乗ろうと思っていた路線バスがあとちょっとのところで乗れずに先に行ってしまったとします。その後に来たバスは空いていて座席に座って乗ることができたとします。

先に行っていたバスはいつも混んでいて、立って乗ることが多かったのに、あとから来たバスなら時間は少し遅くなるけど、座って楽に移動ができた。

「あっ、そうか。今日は楽に座って行きなさいということで、先のバスに間に合わなかったのだ」と納得することができます。

この場合の原因「楽に座るため」は、もちろん後からつけたものですが、それを自分で納得することで「人生は理不尽だ」と思わずに済みます。

私は、白血病を発症してから、私の周りのいろいろな方々から親切にしてもらったり、励ましの言葉を届けてもらったり、献血、臍帯血や看病、お見舞いなどの具体的支援をいただいたりしました。

本当に嬉しい気持ちになり、私もいろいろな人のために何かをできたらと思うようになりました。

このようなことから考えると、

「私は『周りの人に何かをできたらと考えるようになる』ために、白血病になった」

と言えるかもしれません。もちろん、白血病にならなくても、ほかのことでそのような気持ちにはなれると思いますが、でも、それで自分が納得できればそれでよいのかもしれません。

私が白血病を最初に公表した2015年8月10日のFacebookの投稿に、59人の人がコメントを寄せてくれましたが、そのなかに卒業生からの次のコメントがありました。

「向井先生～。ときどき神様は、ありえない方法で休みなさいと言ってきたりしますね。先生の気持ちが前向きだと感じて安心しました。治療の日々は大変なこともあるとは思いますが、きっとたくさんのことを得て、また私たちにいろいろと教えてくれるんでしょうね」

私はこう答えました。

「たぶん試練は、乗り越えられる人にやってくるのだと思います。私は、必ず回復して、楽しい報告をするつもりです」

この気持ちは、発病から4年半が過ぎた今も同じです。

その20　ありがとう、私は4年半も生きることができました

―笑顔は、笑顔を強くする―

11月の中旬に、父親の91歳の誕生日を祝うために東京へ行くことになりました。どうせ東京まで行くならということで、私は高校時代の同級生に連絡を取ってみました。すると、「久しぶりにみんなで会おう」ということになり、東京の郊外の国分寺で会うことになりました。

大学生のころはよく会っていましたが、就職すると皆忙しくなり、会う時間がなかなか設定できなくなって、年賀状をやり取りするだけの仲になっていたので、なんと35年ぶりに会うことになりました。

国分寺駅で待ち合わせていました。お互いに顔つきは少々老けてしまいましたが、雰囲気は高校生のころのままなので、すぐに誰だかわかる状態でした。

みんな集まると近くの居酒屋で飲みながら話すことになり、ビールで乾杯した後に、それぞれ自分のこれまで道のりを話すことになりました。

私は、東京で私立学校に就職したことから、北海道に転職して、京都に異動になり、そこで白血病を発症してしまったことなどを話しました。同級生は、大工さんだったり、市役所の公務員として働いていたり、一般企業で活躍していたりとバラバラの人生を歩んできていましたが、不思議と話している空間は高校生の時代にいつも集まって話している雰囲気に戻っていました。

「お前なら頑張れるよ」

「何か困ったことがあったらいつでも言えよ」

「身体だけは大切にしろ」

いろいろな言葉をかけてくれて、私を励ましてくれました。やっぱり、「持つべきものは友」ですね。

11月の下旬になり、年末も近づいてきたので自分の部屋の掃除をしていたところ、私が教員になった最初の年度末に生徒に配ったプリントが出てきました。それは、私が東京の私立女子高校の非常勤講師として、高校1年の「地学」を教えていたクラスの生徒に配布したプリントでした。

内容は「どうして『地学』を学ぶのか？」という生徒からの質問に答えたものでした。そのクラスは国公立大学の受験を目指すクラスなので、センター試験の受験科目として「地学」は必要だったのですが、もちろん生徒もそのことは知っていて質問しているので、私はこう答えました。

「まずは、『人間はなぜ学ぶのか』ということから考えてみましょう。『それは、社会で生きていくために必要だから』という人がいるかもしれません。たしかに、スポーツ選手になるためには体力や技能がないとだめだし、料理人になるためには料理の方法や素材の知識が必要です。大学に行って会社に勤めるためには、大学に受かるだけの学力が必要です。でも、それだけなら、すべての教科を学ぶ必要はないかもしれません。

そこで、『人間はなぜ学ぶのか』を考える前に、『人間はなぜ生きるのか』を考えてみましょう。これは哲学的な話になって、考えれば考えるほどわけがわからなくなってしまうので、私の考えを言うことにします。

私は、人間は『幸せになるために生きている』と考えています。何が幸せかは自分で見つけるものですが、この目的はみな一緒だと思っています。

では、幸せになるためにはどうしたらよいのでしょうか。

例えば、おいしいカレーライスを食べて幸せを感じる人がいるかもしれません。そして『このカレーが世界中で一番おいしい！』と言うかもしれません。でも、この人がインドのカレーを食べたらどうでしょうか。トルコ料理やメキシコ料理を食べたらどうでしょうか。『こっちのほうがおいしい』と思うかもしれないし『やっぱり日本のカレーライスがおいしい』と言うかもしれません。

つまり、いろいろなものを知ってそのなかから自分に合っているものを探すことにより、『自分の幸せ』を見つけることができるのだと思います。

3学期末になると、教員は成績をつけなくてはならないので『何を知っているか、何を覚えているか』を基準にテストをつくってしまいますが、本当は『何か面白いことを見つけたか』が大切なので、それを見つけることができたら『地学』を学ぶ意味があったということになります。見つけられなかったとしたら、私の教え方に問題があったのかもしれません」

このプリントを35年ぶりに見て、「あのころはまだ若くて、まっすぐな気持ちだったなあ」と懐かしく思いました。でも、今までもこの考え方は何も変わっていませんでした。

さて、２０１９年の年末が来ようとしています。年末になると、どうしてもこの1年間のことを考えてしまいますが、２０１９年もいろいろとありました。

緊急入院で始まった正月から、二度目の職場復帰・定年退職・再雇用を経て、新しい仕事に取り組んで、なんとか1年間無事に過ごすことができました。その間にも、オリンピック観戦チケットに応募したり、聖火リレーランナーに応募したりしましたがすべて外れてしまいました。

しかし、４Kテレビを購入してラグビーワールドカップを観戦したり、友人といろいろなことをして楽しんだり、Ｕ２のコンサートを妻と観に行ったりと嬉しい体験もたくさんできました。そして何でもない普通の時間を多く過ごすことができました。

このように、発症から4年半をなんとか山あり谷ありながら生き延びることができました。そして、私の治療体験記を自費出版することを決意して、そのための準備が始まりました。その出版準備のなかでも、いろいろな方から協力やアドバイスを受けることができました。

私は発病してからこれまでに、いろいろな方々にお世話になりました。どんなに感謝しても言葉では言い尽くせませんが、本当にありがとうございました。

この本のタイトルを考えるときに、最初に浮かんだ言葉は「笑顔は笑顔を強くする」でした。この言葉は、私が東京の私立中高の教員だったころから、生徒に色紙を渡されて「何か短い言葉を書いてください」と言われたときに、よく書いていた言葉です。

その意味するところは、

「自分が笑顔であれば周りも笑顔になることができるし、周りが笑顔になれば自分はさらに笑顔になれる」

というものでした。

私は小学生のころから、

「向井君はいつも笑っているね。何か面白いことあったの?」

とよく担任の先生に言われていました。

教室内の掲示物が少しはがれていたり、先生が話をしているときに少しかんだり、教室の外から変な音が聞こえたりしたときには、一人でニヤっと笑ったりしていました。

また、ほかの児童をちゃかしたり、近くの人にいたずらをしたりしていました。ようするに「落ち着かない子ども」でした。

段々と大人になるにつれて、どのような場面で「笑い」を求めたらよいかということが少しずつわかるようになっていきましたが、基本的に「面白いこと」を探す習性はまったく直っていません。

私が病院で入院していたときも、自宅で療養してからも、職場復帰を果たしてからもそれは同じです。

医学的にも「笑うことは免疫力をアップする」ことや「ストレス解消につながる」ことが証明されているようです。

さらに、「笑顔は伝染する」(スウェーデンの大学の研究)こともわかっているようです。この研究では、笑顔の人がいると周りの人は厳しい表情をつくりにくいという結果が出たそうです。

私は、今までもそうでしたがこれからも自分のためにも周りの人のためにも、毎日「楽しいこと」を探して笑顔でいようと考えています。

そして、周りの人の笑顔に支えられながら、自分も周りに笑顔を届けられるような人生を送っていきたいと思っています。

「ボクは、笑顔でできている」

あとがき

最後まで読んでいただいてありがとうございます。自分で読み返してみても、わりと自由に私がそのときどきで考えたり思ったりしたことが、そのまま書いてあるなあと思いました。ただ、私の気持ちばかりではなく私の周りの皆さんはどう思っていたのかを聞く機会がありましたのでそれを最後に紹介したいと思います。

東京で働いていたころの元同僚のKさんからの話では、

「夏のとある日の夕方に、元同僚の車に同乗していたちょうどそのときに、向井さんからの電話が入りました。あまりに深刻そうな声だったので、車を道端に止めて向井さんの声に二人で耳を傾けました。内容を聞いて、二人はしばらく言葉を失ってしまいました。いつも若々しくて元気な向井さんとは対極的な位置にある『白血病』という言葉に愕然としてしまいました。というのも『白血病』というのは、我々の世代には不治の病というイメージが強かったからでした。

その後、何度か京都大学附属病院に行き、厳しい治療に耐えながらも治療に向けて頑張る向井さんの姿を見て頑張っているなあと思っていました。しかし、２０１７年11月に集中治療室に入った向井さんを見舞ったときは、正直言って大丈夫かと心配になりました。無事に年を越せるだろうかと思ってしまうほど、大変な状態であることが見てわかりました。１ヵ月経って快方に向かい、その後退院をして日常の生活に戻れるようになったのは、まさに『奇跡』としか言いようがないことでした。

向井さんは本当に強い運の持ち主だと思います。最初に診察を受けたのが京大病院で最新の高度な治療が受けられたり、ドナーがすぐに見つかったり、数え上げればきりがないと思います。これも、実は向井さんの人徳がなせる業ではないでしょうか。闘病生活を手記にまとめると聞いて、白血病と同じような難しい病気と闘っている多くの人の励みになるだろうと思いました。

そして、何よりも向井さん自身が毎日を健やかに楽しい生活を送る姿を見せ続けることが、一番の応援メッセージになるのではないかと思っています」

また、北海道の学校での元同僚のYさんも次のように話してくれました。

「1997年に私は北海道の新設私立高校に赴任しましたが、隣のクラスの新米教師がのちに向井さんの奥さんになる女性でした。その女性は、どういう思いがあったのかわからないですが大手の銀行員からの転職という話でした。同じ東京出身で大学の後輩ということもあり、何かと気にかかるいわゆるお嬢さんでした。

翌年になると、いかにも東京という匂いのする男（笑）がその学校にやってきました。それが向井さんでした。見た目は若いですが、10歳以上も年が離れている先輩というひとでした。二人は教科が社会と理科、考え方は感覚派と理論派、出身が同じ東京といっても東と西というように、よく考えると違うところの方が多い二人でしたが、なぜかすっかり意気投合してしまいました。

北海道にいたころはスキー、ゴルフ、カヌー、温泉、そしてお酒とごはん、本当によく遊んだことを覚えています。向井さんの結婚披露宴の司会を務めたのもほろ苦い思い出でした。噛みまくりの司会で自分でも情けないやら申しわけないやらでしたが、お開きのときに窓越しに見えた北広島市の花火にすべてを許されました。

そんな元気すぎる向井さんが『白血病』になるなんてびっくりしました。

一番しんどかったとき、奥さんの配慮で集中治療室に見舞いに行くことができました。奥さんは『Yさんの声に反応した』と言っていましたが、私には正直よくわかりませんでした。けれども、毎日見ている彼女にはわかったに違いないです。

奇跡的、本当に奇跡的に回復し、彼は病気に立ち向かう姿をFacebookで発信しはじめました。まだまだ治療の闘いは続くものの、私との飲酒はすでに再開しています。きっと身体もさらに強くなっているに違いないと思います。

向井夫婦は休暇の度に海外に出かけるはずなので、2024年のパリオリンピックでは、復活した池江選手の金メダル表彰をバックに仲良く夫婦で写っている姿がFacebookに載っていると思います。そのとき私は涙を流して笑うでしょう」

最後に、私の妻が私のすぐ近くでずっと見ていたので、私の妻からの話を載せます。

「夫が『白血病』と診断されたときは、言葉にできないほどの衝撃でした。『暑さがいけなかったのかしら、私が何か悪いことでもしたのかしら、食事が良くなかったのかしら……』と答えのない考えを巡らせてほとんどパニックのような状態でした。そんな私の心境を察してくださったのか、担当医が『しっかり治療すれば、今は治らない病気ではありませんよ』と言ってくださいました。その言葉を聞き、ようやく自分を取り戻しました。また、主治医から今後の治療方針について丁寧にお話ししていただき、それまでずっと原因がわからずに苦しそうにしている夫を見ていたので、原因がわかったことで、夫は治療してもらえるんだと、段々と希望も持つようになりました。何よりも、一番辛いはずの夫自身が治療に前向きでした。『まだまだやりたいことがある。治すしかないでしょう』と笑顔で言う夫を目の前にして『そばにいて一緒に治そう』と強く思いました。

まず私は、実家の両親に報告しました。すると両親は、『とにかくそばにいて支えてあげて。できる範囲でサポートするから』と励ましてくれました。実際、夫の入院中には何度か京都を訪れて支援してくれました。また、私も働いていたので、上司にも相談して夫の治療予定を理解していただき、しばらくの間は夫の治療に専念できるようにお願いをしました。最初の発症が夏休みの時期だったことも幸いして、初めの1ヵ月は仕事をある程度免除していただき、治療に付き添うことができました。

治療は計画通りに進められていきました。辛い抗がん剤治療の中で『寛解』と聞いた時にはほっとして、また頑張ろうという気持ちになりました。何度かの抗がん剤治療を経て、夫の経過は順調でした。ただ、髪が抜けたり、食欲がなくなったり、高熱が続いたりと副作用に苦しむ夫の姿を見るとどうしても最悪の事態が頭をよぎりました。そんな日は、自宅に帰って一人でいると不安が全身を覆いこむようでした。いつ病院から電話が来るかと心配で、夜に眠れなくなることが何回もありました。

特に、再発をしてからの入院中にＩＣＵへ運ばれたことは、それまで3年間の治療のなかでも最も苦しい出来事でした。お見舞いに行くと、人工呼吸器をつけ、人工腎臓で血液を循環し、たくさんの管につながれ、全身が水分でパンパンに膨れた、昨日までとはまったく別人のような夫がそこにいました。それでも夫は『大丈夫だから』と前向きでした。私は、夫の笑顔が見られた日は『大丈夫、絶対に戻ってくる』という強い気持ちになり、夫が寝てばかりの日には『目が覚めなかったらどうしよう』と不安になる、そんな毎日を過ごしました。ＩＣＵにもたくさんの人がお見舞いに来てくださり、夫と私を励ましてくださいました。主治医や担当医、看護師さんやリハビリの先生にも全力を尽くしていただき、本人もよく頑張ってくれて、一般病棟に戻ることができました。そのうえ、今ではまた職場復帰することもできたのです。

入院治療中に、私が心がけていたことがあります。夫の病室ではなるべく未来の明るい話をして二人で笑うようにすることです。退院して家に帰ったらあれもしようこれもしたいと、元気になったらやりたいことをよく語り合いました。未来の話をしていると不安から解放されていき、心の底から『大丈夫、きっと治る』と思えるようになるのでした。また、自分のルールと決めていたことがあります。それは『毎日会いに行くこと』でした。職場のみなさんのサポートがあり、5時半には病院に向かうことができました。仕事を終えて病院に着くのは6時を過ぎるので、7時までの面会時間はあっという間に過ぎました。それでもその数十分がとても大切な時間でした。その日の治療について、必要なものはないか、気分はどうか、食べられそうなものはないか、などを聞いて少しでも治療がうまくいくようにできることはないかを考えました。時には7時に間に合わないこともありましたが、そんなときには夫がエレベーターホールまで出てくれてほんの少しの時間でも会って話すことを続けました。毎日夫に会えることは、実は私にとっても大きな励みになっていました。

発病からこれまでいろいろなことがありましたが、いつでも担当の先生方と看護師さんたちに励まされてきました。主治医や担当医は治療方針や検査結果について、いつも丁寧に説明してくださいました。夫の状況がはっきりとわかるようになると、不安よりも希望や頑張ろうという気持ちのほうが大きくなりました。また、研修医の先生方や看護師の皆さんが常に患者である夫とその家族である私のことを思って親切に対応してくださり、夫も辛い治療に前向きに取り組めたのだと思います。心から感謝しています」

Facebookを通していろいろな方からメッセージをいただくことがありますが、そのなかで「向井さんはいつも前向きですね」と言われます。しかし、私からしたら自分が生きることに対して前向きなのは人間として当たり前のことだと思うのですが、それでも辛いことや困難なことに立ち向かっていくのは難しいのかもしれません。

それでも、自分を助けてくれる人は周りにたくさんいるのだから、その人たちの助けを借りて頑張るようにしたら頑張れるのではないかと思いました。

これからも自分の笑顔を忘れずに、周りも笑顔にしていこうと思っています。

※本書は２０２０年に小社より刊行した単行本を文庫化したものです。

著者紹介
向井健一郎（むかい けんいちろう）
1958年東京都生まれ。私立学校の理科教員。大学卒業後に都内の私立学校での非常勤講師を経て、1984年から昭島市の啓明学園に勤務。1998年から北海道の立命館慶祥中高に転職し、理科だけでなく情報教育やSSHなどに取り組む。2014年に京都の立命館一貫教育部に配属。翌年の夏に「白血病」を発症し、京大病院での入院治療を開始。2017年4月に立命館中高に復職するも再発。2度の造血幹細胞移植を経て、2019年春に立命館一貫教育部に復職。

ボクは、笑顔(えがお)でできている 文庫版(ぶんこばん)

多(おお)くの人(ひと)に支(ささ)えられて、白血病(はっけつびょう)と闘(たたか)うことができました

2021年11月26日　第1刷発行

著　者　　向井健一郎
発行人　　久保田貴幸

発行元　　株式会社 幻冬舎メディアコンサルティング
〒151-0051　東京都渋谷区千駄ヶ谷4-9-7
電話　03-5411-6440（編集）

発売元　　株式会社 幻冬舎
〒151-0051　東京都渋谷区千駄ヶ谷4-9-7
電話　03-5411-6222（営業）

印刷・製本　中央精版印刷株式会社
装　画　　ソラクモ制作室
装　丁　　弓田和則

検印廃止

ISBN 978-4-344-93733-8　C0095
幻冬舎メディアコンサルティングＨＰ
http://www.gentosha-mc.com/